道草の詩

金澤啓写文集 II

海鳥社

目次

◉ 道草の詩

第一章　鐘の鳴る丘

第二章　共に学ぶ

第三章　一期一会

第四章　道草の詩

第一章
鐘の鳴る丘

春雷の朝

完「鐘の鳴る丘」の編集を、今終えました。これが最後の仕事です。

夜来の雨にヤマザクラの花びらが、その重たさに耐えかねたようにベランダを埋め尽くしています。今、春雷に見舞われたところです。

子どもの成長には遊びが必要だと言います。しかし、よく良く振り返ってみると、私の人生六十余年は遊びの連続だったような気がします。

どこまでが本当で、どこまでが幻なのか。どれが真実で、どれがゲームなのか。どこまでが仕事で、どこからが趣味なのか。本当のところ私には境がわかりません。

毎日をいかに楽しく過ごすか、充実感を持たせるか、それが私にとっての人生の命題でもあったからです。

私の人生の遊びに付き合ってくださったひまわり幼稚園の皆さんに、心から感謝を申し上げます。

三十六年間の教員生活には、何の未練も後悔もありませんでした。それは、教育活動の終結宣言ではなかったからです。新たな目的地へ旅立つために、乗り換え駅で途中下車をした、なにか未知なるものへの心のときめきを覚えながらの六年間でした。

今、少しずつ心のゼンマイを解きほぐしています。もう走り出さなくてもいいんだと心に問いかけながら、少しずつゼンマイをゆるめています。

四十二年間分のゼンマイは、そう簡単には力をゆるめてはくれません。もう走り出さなくてもいいんだよ。ここが終着駅なんだから……と。

望んでのことではありましたが、やはり淋しさが募ります。もう理論武装も専門用語もいらないのだと思うと、心だけがフワフワと独り歩きします。

ひまわり幼稚園の六年間は、職場人間だった私を、本来の人間社会に軟着陸させていただいた「学びの場」であったように思います。

春休みの園舎は静かです。春雷のやさしさに心和むひと時です。

平成十三年三月二十九日

老木の春

うめ組　ひとみ先生

海の青さにも似て　空の広さにも似て
花のやさしさにも似て
なんと　あなたの豊かな雰囲気であることか

一歩教室に足を踏み入れると
たくさんの視線が　挨拶で迎えてくれる
そこは　言葉の洪水
そこは　笑顔の洪水
うめ組の教室は誰もが主人公

先生の口から子どもの名前がぽんぽん飛び出す
コトバが場面を生み　心を紡いでいく
コトバが会話を生み　心の扉を開いていく
「ともちゃん　おしりが椅子から落ちてるよ」
あなたのコトバが子どもを本気にさせていく

清楚

ばら組　久美子先生

久美子先生の授業は
いつの間にか　子どもたちをとりこにする

問いかけの魅力
ニコニコ顔の魅力
抑揚の効《き》いた言葉の魅力

「窓のお外　見てごらん　神様が雪ふらせているよ
おひさま照ってて　雪ふってるね」

ピアノが流れ　子等の歌声が響く
まるで　糸で操られるように
まるで　イスにとりもちがついているように
ばらの子は座したまま　体でリズムを刻んでいる

あなたが見事に教師を演じきる　ひととき

高原の春

さくら組　昌代先生

昌代先生はこだわる
　人の考えにこだわる
　子どもの発言にこだわる
　親の反応にこだわる

先生は　自分の保育に一つのレベルを引く
レベルは目標　レベルは到達点
だからこだわる　プロとしての目線で射通す

あなたの保育へのこだわり
そこに留まることを許さず
己の理想を縦軸に　あくなき追求を横軸に
あなたは座標の中で　迷い　苦しみ　佇《たたず》む

あえてあなたは　コロンブスの卵に挑む

霧を纏いて

もも組　　みさち先生

みさち先生は
借り物を信じない
自分の保育を追い求める

開拓し
究明し
自分の型に挑む

あなたは中途半端を許さない
妥協を認めない
身体を動かし　身体をはり　己を突きつめていく

フルートの音色が廊下に流れ
絵本の世界に子どもを誘《いざな》うとき
あなたは　やさしい母親になる

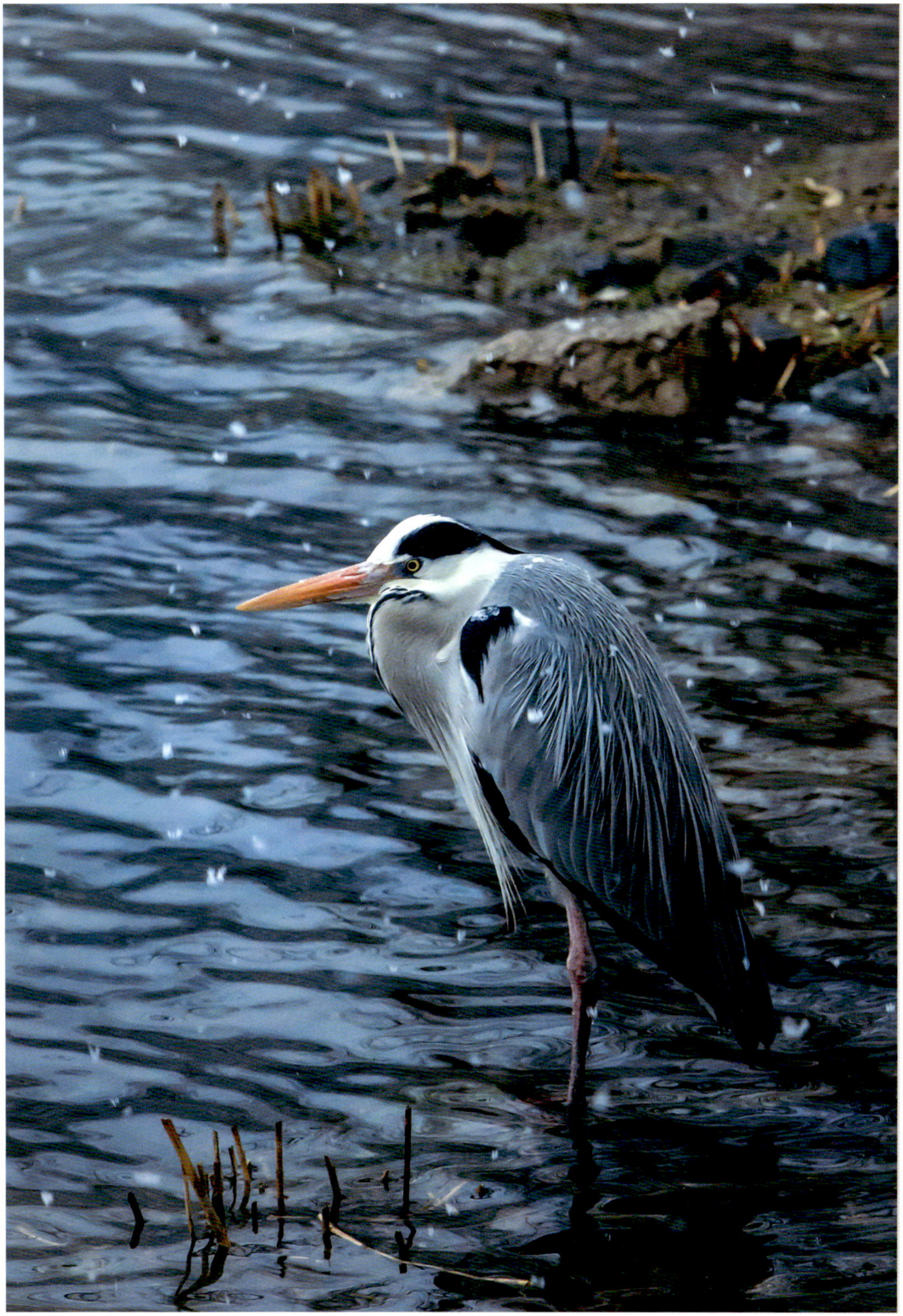

アオサギ

きく組　亜由子先生

あゆこ先生の授業には　いつも誠実さがあふれている

おごらず
媚《こ》びず
高ぶらず

一人ひとりの心を
ていねいに　ていねいに　紐解いていく
それは　あなたの大きさ　人間の器の広さ

覚えていますか　年少組担任で涙したことを
その日を境に　クラスのことで相談を受けた記憶がありません
「別に問題ないんですよ」というあなた

計り知れない大きさに　乾杯！

ピクニック

ゆり組　裕恵先生

あなたは　言葉の魔術師
一言　ひとことが　子どもを操っていく
声音《こわね》がオクターブに伸び　フォルテを保って
言葉が　どんどん飛び出していく
その度に　子どもは　踊り　跳ね　駈ける

あなたの筑豊弁が
子どもの心を揺さぶり続ける
その度に　方言の豊かさが沁み込んでいく

あなたに　熱帯魚を託したその日から
あなたの苦労が始まる
あなたの掌の中で　熱帯魚は生かされている

有り難いと思う

咲き競う

ふじ組　和先生

時代は　光の早さで流れているのに
世界は　めまぐるしく動いているのに
人は　　流れ流され渦巻の中にいるのに

貴女は　どこかで時間を止めている
貴女は　どこかで過去を繫《つな》ぎとめようとしている
「どうしてそんなに急ぐのか」と言わんばかりに
　じっくりと構える大切さを
　物事にこだわらない謙虚さを
　立ち止まることのむずかしさを
貴女は問いかけているような気がする
「人間の生き方」という根源のところで

春になれば　草木が芽吹くように

水のハーモニー

主　任　久子先生

心のときめきを　理性のオブラートにくるむ貴女

机の上はいつも満杯
紙の洪水　文字の砂浜　数字のカモメ
その中で　いつも　しんしんしんしんと
仕事を続けていく

幾多の子どもが　貴女の背中で安らいだことか
膝の温もりの中で　涙をおさめたことか
職員室は子どもの港　貴女は母なる大地

英彦の石段に時を刻み
笠置の樹林に風をつかみ
由布の峻峰に宇宙を抱く
「千年の古都」に　貴女の人生を垣間見る

天空へ

技術員　敏男さん

貴方に　休む日の自由があったら
貴方に　遅刻できる余裕があったら
共に過ごした六年間は
もっと楽しかったに違いありません

雨の予報にも　バスを洗い　拭きあげ
車内のぬかるんだ泥にも　箒目《ほうきめ》をたて
「バスがきれいだと　運転が軽いんですよ」
貴方の仕事への誇りに　頭が下がります

ある時は　貴方の一途さが老いを止め
ある時は　貴方のこだわりが老いを早める

貴方の十年が　ひまわりを背負ってきた
そして　さらに一年　ひまわりの魂を運び続ける

野仏の里

感謝状

ひまわり幼稚園長　金澤　啓　殿

花を愛し酒を愛し　こよなくダイエーを愛し続ける園長先生
鋭い観察力で状況を判断し　冗談の中にもスパイスの効いた
一言で活気づく職員室
軽やかなワープロのリズムと共に　泉のようにわき出てくる
文章に共鳴し納得し反省もした私たち
言葉では言い尽くせないくらいの感謝の気持ちでいっぱいです
「ボクの頭はアメリカン」の出会いから早六年
頭のてっぺんからつま先までいつも輝いている園長先生は
ひまわりの太陽です
平成十三年三月三十日
ひまわり幼稚園職員一同

滝に佇む

第二章

共に学ぶ

日本語が消えていく

平成三年遠賀郡の学校に勤めていた時のことです。町の第三次総合計画が作成されました。その文章をみて少なからず違和感を覚えました。

○ライブ・アンド・グリーン・タウン躍動する田園都市
○アメニティータウン
○有線放送システムその他ニューメディア
○情報サービスシステムのネットワーク化
○地域のアイデンティティーの確立
○交換ショート・ホームステイ
○スプロール的な住宅開発
○玄海レク・リゾート構想
○デイサービス、ニーズ、ノーマライゼーション、ワーキングチーム

など、カタカナ文字がやたらに多いのに驚きました。

これは民間の広告の文章ではありません。

行政施策の説明にヨコ文字やカタカナ文字を使わないと、意味が伝わらないとすれば、日本語がもはや十分に機能しきれない時代になったとも言えます。

果たしてそうでしょうか。カッコよさや、目立ちたがり屋、新しがりで使ったり、あいまいに伝わっても良いとする傾向があるとすれば大変なことです。そしてもっと怖いことは、日本語の存在が希薄になり、日本語を使った表現の仕方が単純化することです。

「父」を表す言葉は、父親・父さま・親父・父上・お父《と》さん・父ちゃん・おとっちゃん・おとう・父君・など多様に使い分けられます。テレビなどで若い人が、「貴女のお父さんは……」と問われて、「私のお父さんは……」と応えている場面に出くわします。この子にとって「父」を表現する言葉は「お父さん」だけしかないとすれば、日本語の豊かさや、表現の広がりはありません。日本語の衰退は、日本人の心の喪失を意味します。

由布礼賛

「無境界現象」の中で

人がロボットを作る時代です。
人間のように自分で考え、判断し、行動するロボットを作りました。
自分と同じことを考え、相手の心までも見透かしてしまう、
そんなロボットが大量に生産されたらどうでしょう。

ロボットと一緒に同じ屋根の下で生活している。

そう考えるだけで、ぞっとしませんか。


最近、ものごとに「境目」や「区別」が無くなりつつあります。

男と女の境があいまいになってきました。

髪型、化粧、衣服、言葉遣いなど、男の女性化、女の男性化が進んでいます。

子どもの大人化、大人の幼児化もその傾向の一つです。


学校や家庭の教育が、同じような人間ばかりを作る手助けをしているとしたら、大変なことです。

「人との違い」「その人の個性」が大切にされ、認められる教育。

私の平成三年度の目標です。

今年の夢です。


「戸切小通信」

樹海に憩う

私の先生は「わたし」

「一番遠くまで行ったのは誰だ」と私は問いかける
なぜなら　私はもっと遠くまで行こうとしているのだから
＝ホイットマン＝

ここいらで　もういいだろう　と思ったとき
その人の力は　そこでおしまいになる

ここまで　来たのだから　と思ったとき
だから　あそこまで行こう　と思いたい

自分に言い訳しない
自分に妥協しない人生
自分に厳しくありたいものだ

難しいことだが

大地の詩

子どもが育つとき

子どもが育つとき
それは、子どもが学ぶ力を発揮したときです
どんな時、子どもは学ぶ力を発揮するのでしょうか
それは、良き師を得た時です

良き師とは……

それは、子どもにとって尊敬できる師にめぐり会った時です

では、尊敬できる師とは……
それは、子どもにとって好きな師である時
それは、どんなことでもよい。自分より優れた力を持っていると認めた時です

やっかいなことに、学校の教師の力はすでに子どもに見抜かれ、値踏みされています。子どもを取り巻いている父母や、祖父母や、隣近所の人々に子どもは予期しない大きな秘密の力を、発見することがあります。

子どもにとって、師は身近に存在するのです。

大人の力は、子どもが育つ大切な環境なのです。

「子どもを育てること」は、自分を育てることではないでしょうか。

もし、子どもが育っていないとすれば、それは、大人である自分自身が育っていないと言えないでしょうか。

この自覚が、今の私には少し薄れています。

青少年育成会議は私の育つ場です。

平成四年十二月十六日

晩 秋

訓導

新任教師になって二カ月。明日は鞍手出張所の学校訪問である。

今日は午前中で授業は打ち切り、午後は全校一斉の大掃除。私達新任の二人は職員室で、教務主任から明日の授業参観について指示があった。「視学官の関心は、君達新任がどんな授業をするかにあります。教室を回る順番は、金澤君が一番目、算数だったね。次が田代さん。私が廊下から合図をします。だから、最初の導入部分を詳しく調べておくこと、出勤も余裕をもってね」

当日は早めに登校した。緊張感が学校全体を包んでいる。どの教室も環境整理が整い、見違えるようにきれいになっている。隣の先生が私の机にも花を飾ってくださる。緊張するなと言っても無理。子どもの表情もいつもとは明らかに違う。第二校時が始まった。算数の導入は難しくない。挨拶が終わり、授業のめあての確認、授業の進め方を知らせ、最初の内容に入っていく。笑顔と丁寧《ていねい》な話しぶりで、緊張の中にも充実感が教室に溢れている。授業は順調に流れ、展開部分を過ぎ、復習の段階に入っていく。私は時計を見た。終了まで十分しかない。訪問者の気配もないし、教務主任の合図もない。あと十分の辛抱。私は授業のまとめにかかった。どこかで安堵感《あんどかん》が心の中にひろがってくる。

その時である。廊下に革のスリッパの音が響き、人差し指を上げて教務の先生が通っていく。あと一分で到着の合図である。頭の中が真っ白になった。

突然後ろの戸が開いて、肩がいかつい、でっぷりした先生が入ってきた。どんぐり眼玉が私を睨んでいる。私は咄嗟《とっさ》に導入部分の授業に戻った。「先生、そこはさっき勉強したよ」子どもが慌てて訂正する。私が立ち往生している時終わりのチャイムが鳴った。

午後は裁縫室で宴会を兼ねた講評があった。

「おーいそこの新任先生」視学官の声がかかった。私は盃を持って重い腰をあげた。「君にこの言葉を上げよう」視学官は手帳に達筆な字で「本立ちて道生ず」と書いてくださった。「一つを究めれば、すべてが見える」という語源の意味を話してくださったのは、私が四十歳を過ぎた頃であったと思う。

蛍舞う里

にっぽんご

にっぽんごは　だれのことば
それは　ぼくのことば　わたしのことば
あなたのことば　きみのことば
そうです　おともだちのことばです

おとうさんのことば　おかあさんのことば
おにいさんのことば　おねえさんのことば
そうです　かぞくのことばです

おじいさんのことば　おばあさんのことば
おじいさんのまたおじいさんの
おばあさんのまたおばあさんの
そうです　遠い遠い昔のことばです

昔の昔のズーッと昔のことばが
今でもちゃんと生きています
あなたの口から　きみのエンピツから
昔のにっぽんごが
ピカピカのしんぴんになって生れてきます

学習記録「にっぽんご」から

月蝕の夜

考えてみませんか

十月十七日第二校時。晴天続きでモズの声がキンキン響く気持ちの良い朝でした。五年生の国語の時間です。「今日から新しい単元に入ります。『心の動きを見つめながら書こう』作文の勉強だけれど、心のない人は書けないなあ」

みんなは、いささか面喰って緊張している。

「ココロ・こころ・心」黙って板書する。背を向けて板書しながら、子供の当惑した思案顔が想像できる。教師の問いかけに困っているみんなをしり目に、伸介君は「僕には心があります」と言い切った。「心があるなら証拠を見せなさい」「体の中だから取り出せません」「服の上から場所ぐらいわかるだろう」「わかります。抑えて下さい。ここです」自信ありげに手で左胸をおさえる。「ようし動くかな、動いたら知らせて」「先生動いたよ、右に動いた。ここんとこ」「なぜ動いたんやろうね」「椅子に座って気持ちがスーッとしたら動いたとです。また動いたら知らせます」伸介君のすまし顔を見て、みんなはまたゲラゲラ笑い出した。「おい伸介、心の上をちゃんと押さえておきなさい。いつ動くかわからんから、気をつけとかんといかんよ」私はそう注意しておいて他の子への質問を続ける。すると突然「先生、また動いた。心が動いたとです」「うん、動いたか。今度はどこに行った」「上です、上。右の真上に動きました。みんなが笑ったでしょう。笑った時スーッと動いたとです。ここ、このあたりです」伸介君のまじめな顔を見て、もうみんなは笑わなくなった。

みんなは、そろそろ自分の心が心配になってきた。ほんとうに自分には心があるのだろうか。「先生は心の動きを作文に書くのだから、心が動かんと書けんよ」と言ったけれど、心は果たして注文通り動いてくれるのだろうか。

みんなのキツネにつままれたような顔がこちらを向いている。今まで心を取りだすことなんて冗談みたいに考えていたみんなは、伸介君のたび重なる発言に困惑していた。……（中略）

学習記録「にっぽんご」から

氷雨の参道

表面張力

新しい年度を迎えて一カ月、衣替えを済ませた学校にやっと落ち着きが戻ってきた。今日は新年度最初の授業参観である。進級した子ども達は新しい教室、新担任のもとで、保護者を迎えての初舞台となる。期待みなぎる舞台に私は颯爽と登場した。「みなさんは進級して一カ月、今日はお家の方に今年初めての授業を見てもらいます」と前置きしながら、『表面張力』と黒板に板書した。「理科の学習では、何故だろう、どうして、自分はこう思う等、疑問や予想を持ちながら、自分の考えを進めていくことが大事だね」前の教卓には水の入った水槽、ガラスのコップ、ガラス板、教科書、授業計画案等、教具が溢れている。「今から実験をします。コップに水を入れてガラスのふたをして、逆さまにします。下のガラス板を持つ手を離すと水はどうなるかな」子どもたちは一斉に笑いだした。どの子も馬鹿げていると言わんばかりの大笑いである。「先生そんな冗談言わんで、早く実験しょう」子どもは実験が好きである。私はさらに念を押す。「水が落ちると思う人」威勢よくほぼ全員が手を上げる。こぼれないと思う子はいない。「今から実験するけど、魔法掛けても駄目かな」また大笑いの渦がひときわ大きくなる。私は真剣な顔をして、水槽にコップを沈ませ水を入れた。理科係の準備した水槽の水がやや少なめで、コップ一杯にするのに手間取った。私は水入りのコップを逆さにして、手品師を気取って全体を見渡した。「お母さん方も答えて下さい」と言って挙手を促した。あまりに自信たっぷりな教師の態度に迷いが出たようである。「こぼれない」に手を上げた人の数が少なくなっていく。「いきます」私は大声で言って手を離した。大量の水が教卓にドッと流れ落ちた。机の上は水浸し、その水は前列の子どもに飛び散って机を水浸しにした。その瞬間失敗の原因が頭にひらめいた。逃げ出す子ども、手をたたいて笑い転げる子ども、舞台は異様な光景に変わった。「先生は本当にこぼれないと思ったのかしら」「何故こぼれたのかな」親のささやきが聞こえてくる。私は苦笑しながら「勉強はここまで、続きは次の時間に。今日は先生罰当番やね」その言葉に参観者の間から拍手が起こった。

しばれる

刷り込み

昭和五十四年四月定期異動で新しい学校に赴任した。貝島炭鉱の閉山で六学級の小規模校ではあったが、二年ぶりの学級担任、しかも卒業までの三年間を担任出来るとあって、内心わくわくしていた。時間はたっぷりあるのだ。

始業式で担任発表になった。それまで静かだった式場が、私の紹介の時突然歓声が湧き起り、列が乱れ会の進行が出来なくなった。式は中断し長々と説教が始まった。「新しく担任になられた金澤先生に恥ずかしくないか」名前を呼ばれた私の方が恥ずかしくなった。時間はたっぷりあるのだ。

木造校舎の二階の教室は古ぼけてはいたが、小学校時代を思い出して、懐かしくなった。二時間目が始まった。隣の五年生の教室では、新しい担任の自己紹介が始まっている。教室には誰も入ってこない。窓越しに運動場を見降ろすと、気持ちよさそうに、ソフトボールやドッジボールで遊んでいる。我がクラスである。私はぼんやり窓からそれを眺めていた。終わりのチャイムが鳴ると数人の男の子が入ってきて「先生、三時間目体育していい」と聞いてくる。「ああ、いいよ」私はうなずいた。三時間目も子供達はそれぞれに時間を楽しんでいた。このクラスは「待ちの時間」を大事にしよう。その気になるまでトコトン待とう。私の頭の中はめまぐるしく回転している。四時間目が始まった。

リーダー格の女の子が数人連れだって大声でまくし立てた。「先生、勉強せんと」「誰も入ってこないもん」「よそは掃除やら、係決めをしようよ」「そうだね、してるね」「早くせんと、今日は給食ないから遅くなるよ」「だって誰も入ってこんやろう」みんな呼んでくると言って教室から走り出ていった。

しばらくして帰って来た子どもたちは、それでも席に着かなくてざわめいている。私は黙って観察していた。「あんた達早く席に着き、先生が困っているよ」「オイオイ先生なにも困っていないよ。何時間でも待ってるから」この初めてのメッセージが特効薬になったらしい。急に話し声が途絶えた。このクラスにもこんな静寂な時間を作ることができるのである。収穫であった。

私はおもむろに教師机を離れて教壇に立った。三年間の第一歩が始まった。

岬にて

「みんな連絡帳を持ってるね。今から手紙を書いてもらいます」突然ガヤガヤが復活した。「おうちの方への手紙です。一度しか言わないから良く聞いて書くこと」隣近所から鉛筆の貸し借りが始まる。「わたしのなまえは、かなざわとおるといいます。がっこうでは、いちばんはんさむです。ごうひろみににているとよくいわれます。これからもよろしくおねがいいたします」「先生全部黒板に書いてよ」という注文に、私はだまって金澤啓とだけ漢字で書いた。ゆっくり、もう一度言ってとの要望に応えて、もう一度だけゆっくり、句読点に注意して復唱した。

「ではノートを見ます。一字でも違っていたら書きなおしです」「まだよく書けてない。わからない」「先生は二度しか言わないと言ったから教えないよ」私は突っぱねた。あちこちでざわめきが起こった。私は黙ってノートを検閲する。低学年は帰り始めている。「先生。できたら帰っていい」「駄目だよ、宿題も出すし掃除も終わっていない」私はすまし顔で応える。これやったら夕方まで帰れんぞ、男の子の声を聞いて子供達は、ことの重大さに気付き始めた。やはり四年生なのだ。時間が教育してくれる。妥協だけは絶対にしまい。私の覚悟も出来てきた。

二時をすぎた頃、やっと手紙書きの作業を終えた。ひと先ず掃除の時間になった。教室と廊下、場所を決めて三十余人の掃除が始まった。箒で掃く者、ぞうきんで拭く者、机を移動する者、ごみ取りを持って右往左往する者、それは掃除というより引っ越しの作業に似ている。今日は黙って観察することにした。「こんなに汗出した掃除初めてやね」横の子との会話に私は思わずふきだした。宿題は手紙を見せた感想を翌日みんなの前で話すことである。八人が見せていなかった。私は放課後、その子達を引き連れて、家庭訪問をしては、子供の前で保護者の感想を聞いた。帰宅は七時を過ぎていた。

この愛すべき四年生を担当して九カ月。帰りの掃除時間であった。私は冬休みのしおりを印刷しようと席を立ちかけた。廊下で大きな声の言い争いが始まっている。「あんた達、五年生にもなってまだわからんと」「ハンサムは少しわかるけど、絶対郷ひろみは違うぞ」「なん言いよると、ひろみに似とるばい」「お前、バカやないか」争いを聞いて五年生が寄って来た。負けじと掃除を中断して四年生も集まる。私は教室から出ずらくなって腰を下ろした。我が愛すべき女の子の声がだんだん大きくなってくる。それも、本気度一〇〇パーセントの声である。私は、一人ほくそ笑んだ。

予 兆

本気度

光陰矢の如しと言うが、四年生の担任発表の時大騒ぎをしたこのクラスも六年生の二学期を終えようとしていた。子供達は、日常の生活や行事などを学級会や、朝の会帰りの会で積極的に話し合い決定し、実行してきた。ところがその「本気度」が四十四歳の担任にとって、深刻な問題となっていた。

例えば、呼び名には「さん、くん」をつける。呼び捨てや、相手が嫌がる呼び方をしないと決めて、守れなかったことを指摘されると、自己申告で「罰」を課すことにしている。「僕は罰に十分間廊下に立ちます」などと申告してそれを実行する。ところが思わず違反して罰則がどんどん加算されていく。借金と同じで、返す方が間に合わなくなる。毎時間廊下や、教室の後ろに立たれようものなら、授業も落ち着いて出来ないし、テストも出来ない。本人達は真面目に時間を消化しようとするが、見た目にはおおいにみっともない。

「君達が本気なのはわかるが、先生が授業する権利も保障してほしい」私は一週間ほどして子供達に話しかけた。子供達も困っているらしいが解決策が見つからない。私は提案した。「この罰は当分先生が預かる。残り一週間は授業する。それと冬休みは遅れを取り返すまで授業する」子供達は黙っていた。

学校は冬休みに入った。終業式を終えて職員は忘年会に繰り出した。しこたま飲んだようである。かなりの二日酔いであった。出勤時間を過ぎている。

まあ冬休みだから、と思いながら駐車場に行った。大霜で外に駐車していた車のフロントガラスは真白である。なんでこんな日にと思いながら、我が家に引き返しやかんに湯を満タンにして引き返した。学校に到着したのは一時間目が半分近く過ぎた頃であった。職員室に入ると先輩の女の先生から大声で怒鳴られた。「何してたんですか。とっくに授業は始まっていますよ。子供達はね、いつものように職員室の掃除をして、今は自習しているみたい」私は返す言葉もなかった。教室に行く間、頭の整理はつかなかった。言葉が考えつかない。

私の本気度の無さを見事に見透かされた瞬間である。子供達は笑っていた。

イスラムの女

テストをテストする

大学時代、テストについて奇妙な体験をした。美術教育講座の試験を受けた。五十問の○×式のテストである。(信号の「進め」は青色である)形式の、色彩についての出題である。正答は全問「×」であった。また心理学講座では、試験用紙に空欄があり、適当な語句を下から選んで入れる問題である。やたらと空欄が多い。問題を読んでいるうちに突然周囲の学生が一斉に教卓を目指して用紙を出しに行った。その間テストの時間は十分足らずである。回答の速さと知能は比例する、というのが教授の考えであった。このような体験が、私のテストへの考えを大きく変えることになる。

教職三年目、三年生担任となる。六月になると一学期の通信簿を出すための学習評価をしなければならない。いきおいテストが集中する。「先生困っているんよ」元気な学級委員の男の子が寄って来た。「どうした」「僕ね、お父さんから百点が十回あったら自転車買ってやると言うんよ」彼の成績は私が担任になっても優秀だったが、満点ばかり取れる成績ではない。今半分足りないというのだ。「わかった、十回取らせてやるから頑張れ」私は励ました。彼は見事に自転車を手に入れた。別の五年生担任の時、社会科の自作のテストが難しすぎたので、再試験をした。二十問の○×式のテストである。試験の最中社会科が得意な男の子がしきりに首をかしげている。私は黙って彼の回答を覗き込んだ。○が三個しかないのだ。今までの経験から○が少なすぎるのだ。正答は全問「×」であった。最近のN新聞「春秋」の記事。「フランスの大学入学試験の問題を作家井上ひさしさんが紹介している。夜のセーヌ河岸で君は娼婦と出会う。川に飛び込もうとしている。思い留まらせる為の説得を試みよ。『私と結婚して下さいというしかない』と書いて合格した生徒に、小説家、政治家アンドレ・マルローがいる」とある。近年日本では「生きる力・人間力」が問われている。大学入試センター試験のマークシート方式と比べ、あまりにも距離がある。試験が単なる振り分けの手段であってはならない。

飛 翔

裸の王様

私が今「浄土への船旅」に発つとしたら、きっと後悔するだろう。教師の道を歩み始めて二年目、卒業をまじかに控えた二月、教え子の一人から話しかけられた言葉、私にとって終世忘れられない致命的な言葉となった。

文集作りを終えて、帰り仕度を整え、薄暗くなりかけた廊下を玄関口に向かう途中のことであった。文集委員数人と歩きながら謄写版印刷の出来栄えのことを話していた。下駄箱の所で後ろから近寄って来た子が笑いながら話しかけてきた。「先生、私は作文や詩を書くとき、いつもこう書いたら先生喜ぶだろうなあと思って書いています」私は声のする方を振り返った。穏やかな表情をした女の子のいつもの顔がそこにあった。私は咄嗟の返事に窮して黙ったまま靴を取りだして寒い夕暮れの校庭に出た。バスの時刻が迫っていた。

彼女は中背のポッテリとした子で、いつもおだやかな表情をしている。早口でまくし立てたり、相手と言い争う姿を見たことがない。際立ったリーダーのタイプではないが、大人びた対応は級友たちに好感をもって受け止められていた。体育的な運動能力、機敏さや積極性にやや欠ける側面を除けば、四十余名のクラスメートの中では際立った実力の持ち主であった。県児童画展、県文集展、県書写展、いずれも入選、朝日新聞の「子どもの目」の詩の投稿も常連であった。卒業文集の編集委員として、蝋原紙への執筆の大半を受け持っていた。担任にとってレベルの高いクラスの中でも大きな戦力であることに間違いなかった。彼女はいったい何を言いたかったのだろう。今でもその答えは出ていない。担任の二年間、私は教師として何をして上げたのか。手のかからない優等生として指導の外に置いていたのではないか。今でも頭の片隅にキラ星のごとくその問いかけがよみがえって来る。五十六年経った今、彼女からの音信はまるでない。消息さえもわからない。彼女の眼に私は「裸の王様」として写っていたのではないか。新米教師の奢《おご》りや身勝手さをこの少女は、憐れみの目で見ていたのかもしれない。頭の中のキラ星が消えることはない。

霧氷の朝

第三章

一期一会

臨時休校

その年の冬は殊の外寒かった。新任二年目の私は宿直室で目を覚ました。「先生戸を開けて」ガラス越しに聞き慣れた声がする。一人ですか、という問いかけに「うんぼく一人、泊めて」いつもの手なれた様子で、押し入れからひと組の布団を出して先輩の寝床を作った。「寝とったたんやろうごめんね。今夜は寒いバイ。校内巡視はしとったから、日誌には異常なしと記入しときく」酒の匂いを充満させて、先輩は冷たい寝床にもぐりこんだ。

朝方布団の中から「寒いね、外は雪やない」という先輩の声で目が覚めた。カーテンを開けると窓の外は一面雪景色である。「積もっていますよ十センチくらい」彼は予想していたらしく、布団から首を出して言った。

「そしたらね、放送室から全校放送しておいで。スピーカーを外に切り替えて『北小の皆さんにお知らせします。今日は大雪のため臨時休校いたします』といって三回繰り返して、ゆっくり放送するとよ」実に説明は丁寧である。私は何の疑いもなく寒い廊下を放送室に向かった。先輩への復命は忘れなかった。「それでいい、じゃあもう少し寝よう」布団の中でうつらうつらしていた。

「校長先生から電話ばい」用務員さんの声で飛び起きると電話口に走った。「君が宿直かね、一人か」「いえ二人です」「それならちょうどよかった。正門の階段の除雪作業をしておきなさい」二人はトレパンに着替えて、スコップで除雪作業をした。寒い中で汗がポタポタ流れ落ちた。布団の中で短い休息。「校長が来てるよ。もう起きなさい」用務員さんの声に促されて布団を出る。

「朝からご苦労やったね。でも子どもは誰も来ていないが」校長の声かけに、「はい、休みですから」校長は黙って私の顔を見つめている。「はい臨時休校にしましたから」やっと事情が呑み込めたらしく、彼はてきぱきと指示を出した。「松井さんタクシー一台至急。君は背広に着替えて玄関に」役場に二人で行ったまでは記憶にあるが、教育長がだれだったか、同席したのかそれさえも記憶にない。叱られた記憶もない。先輩の指示に疑義すら浮かばなかった。

夢幻

マンホールの悲哀

　昭和三十年代、小学校の三大行事と言えば、入学式、運動会、卒業式である。卒業式は六年生にとって最後の大舞台である。教師も子供もこの一日のために、かなりの時間をかけて、その準備に知恵を絞り練習に練習を重ねる。

　この一大行事を支えるのは五年生。それも全て黒子に徹する、縁の下の力持ちの役目だから、子供達の熱は上がらない。合同練習の時などその出来栄えは遥かに劣る。五年生の担任特に若手教師は練習後、五年生に発破をかける。

「来年は君達が六年生だぞ。送ってもらうのは君たちだ。他人事と思うな」なだめすかしながら、一喜一憂する毎日が続く。

　卒業式が終わった。来賓や保護者との簡単な宴会の終わり際、六年担任の先輩が「金澤さん、今からあんたの慰労会するから、帰らんでな」そっと耳打ちしてくれた。来客を送り出した後、二人は肌寒い夕暮れの風の中を、いつもの常連の店に向かった。さっきから並んで歩く彼の仕草が気になっていた。彼はしきりにズボンの右ポケットに手を突っ込んで、窮屈そうに身をよじらせながら、なにかをまさぐっているようである。

　炭坑町で栄える商店街の飲み屋のあちこちに暖簾が下がり、提灯の灯りがともり出すと、早春の街にいつもの賑わいが戻って来る。

「おばちゃん、卒業式終わった」「天気良かったし、おめでとうございます」「今夜は二人で慰労会、今日はツケやないよ、僕が払うんやき」先輩の声は威勢がいい。大仕事を終えた充実感がみなぎっている。それは私も同じである。日頃とは違う酒の肴が次々にカウンターに並ぶ。小一時間も飲んだだろうか。新しい客が入ってきたところで先輩が腰を上げた。「おばちゃん勘定」先輩がポケットから取り出したのは、しわだらけの祝い封筒である。中は空っぽ。

「さっきマンホールに捨てたのが中味やった。お金を捨てとう」浮かぬ顔で彼はつぶやいた。卒業生からの謝金の額さえもわからない。

「おばちゃん今日の飲み代ツケにしといて」二人は無言で夜の街に出た。

静 寂

嘘からでた真

昭和三十年代の学校給食は、町が作成した献立にそって、各学校で調理していた。その学校の行事によって中止や献立の変更が出来て好評であった。

冬の寒いころ、突然子供達が腹痛を起こし、保健所の立ち入り検査があった。検食用の食器から赤痢菌がみつかった。突然の出来事に学校中がパニックに陥った。給食調理員はもとより、教師、関係職員の検便が即座に実施された。

数日して複数の給食調理員に保菌者がでた。給食はしばらく中止。校舎全体の消毒、手洗いなど、全校を上げて取り組むことになった。ある朝のことである。

「金澤さんちょっと」十歳ほど年配の先生から声がかかった。「このところみんな緊張気味やろ、一芝居やろうか」日頃は真面目で、正義感の強い先輩だが、いたずら好きでなんとなく親近感が持てた。「大賛成です。私の役どころは」彼は校長室に私を招き入れた。「あんた朝礼の司会やろう。俺が伝達事項を黒板に書いとくから、読むように促して」簡単な打ち合わせは終わった。

ターゲットの新任女教師は田川からの列車通勤で、朝礼間際しか到着しない。彼女が威勢よく駈け込んで来た。いつもの元気の良い挨拶である。

「では朝礼始めます。お早うございます。黒板の連絡事項は質問だけに留めますので、よく読んでおいて下さい」みんなは黒板の連絡事項を読み始めた。

突然後方から悲鳴に似た叫び声が起こった。「そんなことありません。私のことは間違っています。絶対にありません」女教師の声は泣き声に変わった。

黒板には、保健所から連絡「保菌者の追加氏名」とあって女教師の名前が書いてあった。「間違っているとはどういうことね」校長が問いただした。

「私はガラス棒を入れるのが怖くて、おしりに入れずに提出しました」

検査の当日、男性は保健室でおしりを丸出しにして、保健婦さんにガラス棒を入れられたが、女性はガラス棒を渡されて便所で処理したのである。もういたずらのことなど誰も気づかなかった。保健担当は電話口に走り、女教師は保健所に向かい、朝礼はそこで中断した。まさにビックリポンであった。

闊歩

鐘の音

昭和四十五年四月、私はマドンナに出会う幸運に恵まれる。一年間の国内留学を終えて、やる気満々の三十三歳青年教師は、菅牟田小学校に赴任した。

「我ら集える二千人……」と、校歌に歌われた往時の面影は今はない。

しかし、校門に立った時、広大な運動場を前面に配し、その奥に一段と高く平屋の木造校舎が五棟そびえている。閉山の気配が漂う中、永年の鉱害と諍《あらが》いながら、今もなお凛とした風貌をたたえて周囲を圧している。木造の持つ優しさ、その温もりが、私の国民学校時代を思い出させて嬉しい。

この広大な木造の校舎を支配するのが、「鐘の音」である。用務員さんが、授業の始まりや終わり、朝礼や終礼の合図等、校舎を回りながら知らせてくれる。私の小学校時代、敵機襲来を告げる早鳴りの鐘の連打とは明らかに違う。この学び舎の「鐘の音」は、三百人ほどに激減した子ども達に、澄んだ心地よい響きで時の流れを知らせてくれる。私にとってイーハトーブの世界であった。

初夏のさわやかな朝、職員朝礼が始まった。五年生の当番である。私の横の席で先輩の声が響く。「朝礼を始めます。お早うございます。」イチオクターブ高い声が隅々にまで響きわたる。フェルマーターで透明感溢れるその声は、マドンナの優しさと繊細さがある。でも今朝は少し違った。「チリン……」合いの手が入った。みんなは怪《け》訝《げん》な顔で周囲を見回す。「みなさんどうなさったんですか」マドンナは変化に気付かない。どうしたの、と呟いて正面を見ると、回転イスの動きで「チリンチリン……」鐘の音である。周囲は気付いている。マドンナの椅子の下からその音は響いているのだ。「みなさんどうされたの、何か変でしょう」椅子が動くたびに鐘の音は連打になる。「まあ、どうして、だれなの……」マドンナのあわてぶりは椅子の下の仕掛けがわかったからだ。

みんなは大笑いである。校長の訓話の前で会は止まっている。「金澤先生、貴方でしょ」私は澄まして「先生進めましょう」と進行を促すと、会は陽気に盛り上がっていく。初夏の青葉風が周囲の明るさを際立たせる。

梅雨の憂い

省かれた一節

「金澤さん結婚式の披露宴の司会は私がするから」帰り際教務主任の先輩はそう言い残して帰って行った。「しおりの表紙に寿の字を朱墨で入れよう。わしが書くから」教頭先生が机の向こうから助っ人を申し出る。こうして手作りの結婚式の準備が職員室から始まった。生活改善運動とかで、結婚式の簡素化が叫ばれ、私は町の木造建ての古びた公民館で結婚式を挙げた。

以前から、家と家との結婚式に疑問を持っていた私は、二人の連名で招待状を出した。単身赴任していた父には、電話で「結婚式についてはすべて任せる」という一任をとっていたので、すべて自分で決断できた。

式の前日、休暇を取って帰宅した父は私に言った。「二人が招待したんだから、最初の挨拶、閉会の挨拶はあんたがする。正面には仲人さんや恩師の方々あんたたちは末席だよ」父の要求は当然のことながら厳しかった。

当日は土曜日。十時から結婚式と親戚関係の披露宴。会場が手狭なため一般客の披露宴は午後二時からである。午後の披露宴開会。招待の挨拶を終えてやっと一息ついた。あとは司会者の出番である。友人や教員が大半の披露宴は、いつもの見なれた宴会風景である。歌あり、話ありの宴は延々と続く。

いつの間にか五時が近づいていたが、燃え上がった炎は収まりそうにない。心配になった私は司会者に耳打ちした。「先生そろそろ時間です」「任せなさい。もう一杯飲んで最後に私が歌って終わらせる。」いささか酔いが回っているようだ。不安がよぎる。突然司会者が会場の真ん中に躍り出た。「一つ、一人で飛ぶのを単独飛行と申します。早く帰りたい。二つ、二人で飛ぶのをアベック飛行と申します。ちょいとおつですね。」十八番の歌が続く。「九つ、これが海軍海の翼と申します。ちょいと頼りない」私は心配になってきた。突然数え唄が終わった。「済みません。酔っぱらって次を忘れました。これで披露宴を終わります。」あっけない終幕であった。私は密かに胸をなでおろした。実は「十お、飛んで落ちるを飛行機事故と申します。後はお葬式」先輩は最後を省いたのだ。右目でウインクしながら握手を求める先輩に心が熱くなった。

森の中

時間指定電報

一つ年上の同僚は、池辺良に似た二枚目で、体育系の好青年である。二人はどこか馬が合って、性格の違いがお互いの欠点を上手く補っていた。

当時私は学校に籍を置いて、郡の研究所に出向していた。出勤して間もなく机上の電話が鳴った。「お早うさん、今職員朝礼で秋の職員旅行の当番が決まった。あんたと俺になった。旅行社の打ち合わせや準備は俺がする。あんたは学校に居ないから、宴会当番や。なにかサプライズを考えといて」そこで電話は切れた。私はもう旅行気分になって、心は舞い上がっていた。

秋日和に恵まれた旅行団は、最終コースの安芸の宮島の見学を終えて宿泊地の「石庭」に向かった。当番長が先陣を切り、相乗りのタクシーに分乗して私は最後尾の車で後を追った。ホテルに着くと彼が青い顔をして走り寄って来る。「金澤さん、あんたに電報きとるばい。」私には想定内のことである。私は調理場の片隅に彼を呼んで、おもむろに電報を開いた。

【コウシャ、カサイス、スグオカエリコウ。タカオ】紙面を見て彼は首をかしげた。「校長からやねえ、でも教頭宛ではなくて、なんであんたなんやろ」

そうですねえ、と言いながら、先に彼が電報を受け取ったことに困惑していた。電報はＰＴＡ会長が電報局勤務であることを知って、あらかじめ前日に私が打っておいたのである。私の筋書きでは宴会の途中で読み上げることにしていたのだ。「俺、教頭に知らせてくる」走り出そうとする彼を懸命に留めた。

「私が学校と連絡取ります。それまで待って下さい」調理場の片隅に赤電話があった。私は受話器だけを耳に当て、廊下で待っている彼に聞こえるように話し始めた。「…そうですか。校長は教育委員会に事情説明ですか。校舎はボヤだけで特別に被害はありませんね……」安心したような彼の顔がガラス越しに見える。料理長が寄ってきた。「電話聞きました。料理は?」「大丈夫です。会場に料理を運んでください」「予定通りですね」「大丈夫だから、大丈夫」私は早く会話を打ち切りたかった。このことが他方に広がるのを恐れたのだ。

大広間にはゆかた姿にくつろいだ男性群を取り囲んで、女性達の会話に花が咲いて

湿原の華

いる。深刻な顔をして二人は教頭に電報の話を伝えた。話の途中で彼は「金澤さん時刻表持ってる。今から帰る列車ありますかねえ」突然の言葉に周囲がざわつき始めた。だんだん空気がおかしくなって来る。こともあろうに女中さんたちが、足早に御膳を運びこんできた。まさに異様な雰囲気である。

「みなさん、ちょっと席について下さい。話があります。」教頭の大きな声が広間に響き渡った。職員の顔が引きつっている。

「今金澤先生から報告がありました。学校が火事になって校長先生が委員会に報告に行っておられるそうです。私は今夜中に帰れるか列車を調べます。皆さんたちは旅行を続けて下さい」私はあわてて口をはさんだ。「一寸聞いて下さい。被害はほとんどないそうです。校長には直接話が聞けませんでした。帰宅されたら、指示を仰ぎますので、とにかく夕食を頂きながら今後のことを話し合いましょう」この発言が火に油をそそぐ結果になってしまった。

「落ち着いてご飯なんか食べる気分ではないですよ。教頭だけ帰していいんですか」「旅行中止、帰りの準備をしましょう」「当番、時刻表で調べてよ」

御膳を運びこむ女中さん達の困惑した顔がいっそう事態の深刻さを浮き彫りにしている。当番長が横に来た。「金澤さんひょっとして、まさか……いやあんたに限ってそんなことないよな」彼は言い留まったが、サプライズのことを思い出したに違いない。私は観念した。私の力で混乱を収めるのは今しかない。私は舞台に上がり正座して頭を床につけた。無言のまま時間が流れた。大広間に冷え冷えとした静寂が戻った。「申訳ありません。すべて私の一存でしました。にせ電報は私が打ちました」全員に虚脱感が走った。みんな無言だった。「金澤君すまんかった」当番長が壇上の私を抱き起した。

やがて教頭の乾杯で夕食は始まったが誰も無言だった。あまりのショックに話す気力も出ないらしい。やたらに酒だけが回り始めた。突然女性群が盃を手に立ち上がった。私をめがけて走り寄る。見る間に抑え込まれ、ゆかたを剝がされ、下着を脱がされ、すてこも根こそぎ、私は最後のパンツを抑え転げ回った。彼が私に覆いかぶさって防戦一方……。私は今でもこの光景を思い出すたび苦々しさが湧いてくる。思い出したくもない青春の一こまである。

カルスト秋景

幻の記念写真

それは突然の訪問であった。昭和六十一年の秋。日曜日とあって遅めの朝食を始めたところであった。チャイムの音にパジャマ姿で玄関の施錠を解くと若い二人が立っている。「日曜日の朝から済みません。僕の結婚相手はこの人です。いいでしょうか」いきなりの挨拶に私は一瞬たじろいだ。

彼は就職二十年目にして初めてできた後輩である。四月に異動した学校に、新規採用教員として着任したピカピカの新任教師である。なんと幸先の良い運の巡り合わせであろうか。長年「醤油買い」で走り回った私にとって、待ちに待った後輩である。初めての参観日の前日には、自宅に泊めて授業計画を立てたり、保護者への対応の仕方などイロハを教えた戦友でもあった。

三年間を一緒に過ごし、研究発表会を終えて、それぞれ職場を別にしていた。その彼から突然の電話である。「僕結婚します。仲人してください」「僕は現場を離れているし、君の将来のためにも直属の校長に相談したら」私はやんわり断った。「私は一番お世話になった方にお願いしたいのです」「おい無理を言うなよ、僕はまだ若造だからなあ」「どうしたら受けてくれますか」「そうだなあ、彼女が僕好みの人ならなあ」そう言って電話を切ったのはつい先日だった。

私はすっかり忘れていた。二人を二階に上げ、妻に説得されて大役を受けることを決意した。

結婚式は翌年の春休み、北九州市戸畑区の旧松本邸（国指定重要文化財）で華々しく挙行された。ご当人、ご家族、参会者、式場は申し分なかった。しかしながら、初めての仲人は大役であった。書店で結婚式の本を買いあさり独学で猛勉強したが、結婚式はそれぞれの地域によってやり方が違っている。本に書いてあるような教科書通りにはいかない。両家との打ち合わせも大変である。前段が大変であったせいか、肝心な当日は夢うつつのうちに終わった。

「あんた仲人の話が長すぎる。みんなワインの前でウズウズしとったばい」先輩からひとしきり説教を食らった。でもこの経験があとあと仲人をするときに大いに役立った。翌朝二人はハワイへ希望に満ちた新婚旅行に旅立ったはずである。私はそのこ

群 舞

とを微塵も疑わなかった。数日が過ぎそろそろ帰国の頃である。私はいつ帰国報告の電話があるか、わくわくして待っていた。

五日を過ぎ、十日を過ぎても連絡がない。私は不安になったがこちらから連絡するのも憚《はばか》られた。半月が過ぎると私の苛立《いらだ》ちは不安に変わった。私は意を決して受話器を取った。「もしもし今晩は」受話器に響くその声はまぎれもなく新郎の声である。落ち着いた丁寧な受け答えを聞いて、私は安堵《あんど》した。

電話の相手が私だとわかって、彼の声の調子が急に変った。その微妙な空気感に私はただならぬものを感じ取った。「金澤です。無事帰ってきていたんだね。よかった、よかった」「実は、先生……」声はそこで途切れた。私は彼の次の言葉を待つしかない。「実は新婚旅行を途中で打ち切って帰国しました。嫁のお母さんが急死なさったんです」挙式当日の出来事が走馬灯のように頭の中を駆け巡る。挙式後、松本邸の広い芝生の上で記念写真を撮った。そのあと私は母親に話しかけている。「お母さんおめでとうございました。お疲れになったでしょう。明日の出発が早いので、私は見送りには行けませんが、旅行から帰られて、ゆっくりお伺いします」新婦に似ておっとりとした美人の母親であった。女優の折原啓子さんに似ていると思ったのを記憶している。

「それで、どうしたの」私は催促した。「お葬式は済ませましたが、父親一人残して嫁ぐわけにはいかないでしょう」父親は一流企業の幹部であった。家庭の中はすべて母親がきりもりしていたという。突然の予期しない事態だけに、このまま父親一人を残して家を離れられない事情もよく理解できた。まして、二人の実家は北九州と八女である。離れ離れの新郎にとっては、不安な毎日の連続であったろう。「事情はよくわかった。しばらく時間を下さい」私は重い気持ちで電話を切った。仲人の役割は結婚式までで終わらない。私はその晩、父親に電話を入れて、お悔やみを述べ、今まで知らなかった非礼を詫びた。

数日後仏前に献花して、父親と今後の事を話し合った。帰宅後新郎には「時間が解決してくれる」から、希望を持って待つように伝えた。

かくして仲人第一号の記念写真は手元にはない。頭髪豊かな仲人が写真の前列に写っていたであろうと思うと、わが青春に悔いありである。

ブレッド湖

夜明け前

第二次世界大戦の反省から「再び教え子を戦場に送るな」というスローガンを掲げた日教組に対して、国の保守勢力は、教育界における権力統制政策として、「日教組潰し」に躍起となった。昭和三十年代以降、安保闘争・勤評闘争・学力テスト闘争・管理職試験闘争・人事院勧告の完全実施闘争など、日教組は政治、経済、教育など多方面にわたって、国の施政方針に対して他の労働組合と連携しながら、ストライキをもって反対行動を取り続けて来た。

教育行政からの圧力に加えて、ストライキによる賃金カット、「教師は聖職者か、労働者か」など、社会的な論議も呼び、民主主義のありようについても多様な考え方が錯綜していた。このような中にあって日教組は他の労働団体とは違うという一方の流れの中で、組合員の中に迷いや歪《ひずみ》がでてきた。

日教組は、五十年代に入ると組織の弱体化が進み、ストライキを組織できない状況が県や地域の中に広がってきた。

ちょうどその頃、私は直方・鞍手支部の執行部にいた。「金澤さん、教育の陽の当たる部分だけでなく影の部分も見てきなさい」先輩の言葉が執行部に入る後押しにもなっていた。当初七百人を超えていた組合員は脱退が続き六百人をかろうじて確保し、スト参加率が八〇パーセントを切ろうとしていた。

今回のストライキは、始業時間に食い込む三十分間のストである。三十分以内であれば処分はしないとの県教委との約束が出来ていた。執行部はその三十分間に向けて綿密な計画を練った。私は直方・鞍手の各学校の代表者を支部に集めて会議を開いた。当日は五地区に分かれて一斉に決起集会を始める。その集会場所から、各学校に三十分以内に帰り着くには、学校と会場との距離によって、集会場を出発する時刻が変わって来る。実に微妙な時間差ストライキである。私は当日の行動時間を提案しながら、情けなくなっていた。組織の弱体化はここまできているのだ。会議は大きな混乱もなく、スト決行の決意を再確認して解散した。当日、早朝から各地区の執行委員と連絡を取りながら、直鞍地区の参加状況の把握に努めた。現在のような携帯もスマホもない時代である。連絡はすべて公衆電話である。私は支部のデスクで状況の把握にあた

秋燦燦

る。

やっと一段落ついたので、書記さんに後を任せて最寄りの直方地区の集会場に向かった。会場は商店街にある「柳屋」という木造二階建ての国鉄の保養所の施設である。すでに集会は始まっている。分刻みの集会だがまだ時間の余裕はある。私は二階の長い廊下を足早に会場へと向かっていた。突然前方の扉が開き、どよめきと騒音の中、黒い塊の集団が怒涛のように狭い廊下をこちらに向けて突進してくる。私はひと溜まりもなくその塊に飲み込まれた。私は押し倒され、肩や背中や足の上を何十人の教師が通り過ぎたであろうか。咄嗟《とっさ》のことに私は痛さも恐怖も感じなかった。多分何も考えてはいなかったように思う。竜巻は一瞬の内に過ぎ去った。その時間が長かったのか短かったのか、それさえ思い出せない。「先生、うちの職員が……先生を踏みつけていって御免なさい」腹から絞り出すような悲痛な声を聞いて、私は頭を上げた。

先輩の執行委員が声を上げて泣いている。私の肩に手を当てながら甲高い声で泣く男性教員の声に私は別世界にいるような奇妙な感覚に襲われた。

私はやっと半身を起して周囲を見回した。彼の悲しそうな顔がそこにあった。「先生、夜明け前が一番暗いというでしょう。頑張りましょうよ」彼に言葉をかけながら私はゆっくりと立ち上がった。それは自分自身に向けた言葉でもあった。

四十年の時が流れ、今しみじみと「夜明け前」の闇を問うてみる。元気の良い先輩は故人になられたが、私の良き戦友でもあった。

今日の教育界の状況は、四十年前と比べて将来への展望が明るいとは決して言えない。むしろ戦前の右傾化の傾向がだんだん強まっていると言わざるを得ない。「教育勅語」にこめられた思想が、戦争を知らない国の指導部によって肯定されてきている現状は、民主主義を目指す我が国の教育を根こそぎ変えようとしている。私が戦友と語った「夜明け前」の状況は、「日没直前」と言い変えねばならないのだろうか。

春隣り

シルクホテル

残業を終えて玄関を出ると、外は秋の気配であった。東公園の黒々とした森の向こうに街の灯がチラチラ見える。「腹へったなあ」「ちょいと行きますか」相棒が右手で盃を抱える仕草をして、すかさず応える。「いいねエ……」

吉塚駅発の最終列車は十時過ぎである。まだ二時間の余裕がある。

駅前通りを右折すると何軒かの赤ちょうちんが軒を連ねている。その一軒の暖簾をくぐる。そこが我が課の居酒屋なのだ。ここでは何を話しても情報が他の課に漏れることはない。白波の一升瓶と定番の焼きそば。話は延々と続く。

「先輩、これからどうします」彼は酒が進むと、私への呼び方が変わってくる。本庁勤務四年目の私にとって、彼は勤務年数も実績も遥かに先輩である。年齢が若干私の方が上と言うだけのことだが、私に悪い気はしない。

「もう最終列車はとっくにでてますよ」彼は気づいていたに違いない。私は咄嗟の返事に困った。「先輩、私はホテルを予約しています。一緒に寝ましょう」彼は田川、私は宮田だから、本庁からみるとどちらも僻地である。

「しょうがないなあ、今夜はあんたのホテルに泊まるか」私は腹を決めた。「じゃああと二時間飲みなおしますか」一時を過ぎていた。大通りに人影はない。県庁の横に議会棟がある。その正面に二階立ての小さなホテルがある。

「ばあさん、もう寝てるよねエ。個室だから二人で寝ましょう」私はいい気分でホテルの玄関に着いた。正面に階段がある。彼は靴音を立てないように先導する。裸電球のフロントに人はいない。鍵穴をそっとまわして、音なしの扉を注意深く開ける。小さなベッドが一つある。「先輩はベッドで寝て下さい。ぼくは床に毛布を敷いて寝ます」その頃やっと事情が呑み込めてきた。

突然ドアをノックする音がした。「あんた達、男同士で泊まるん」あきれたばあちゃんの顔がヌッと出てきた。「うちの課の人が乗り遅れたんよ。泊まるだけやき」「駄目駄目」半額に値切ったがそれも駄目。結局、個室には泊まれたが、代金は二人分取られた。秋の夜の目出たくもない一夜の夢であった。

乗鞍朝景

トンボとり

私が入っている写真の会にとんぼ撮りの名人がいる。今まで出会った人の中では、特に印象に残る数少ないキャラクターの持ち主である。大柄な風貌、目鼻立ちは大づくりで、背は高く無精ひげの中で、ぎょろりとした目玉は、笑うと人なつっこく、優しくなる。性格は磊落《らいらく》、形にはまっていなくて、一点にこだわることを除けば、全くの自由人である。私は、人もそうであるように、彼の性格が好きである。

彼は朴訥《ぼくとつ》な口調で話し始めた。

この数日、彼の仕事場は小さな田んぼである。遠賀川の河口近くで土手を下り、小さな集落に続く小道を曲がると、小さな休耕田がある。秋日和が続き空き地の残り少ない水たまりが、トンボの格好の社交場になる。卵をうみつけたり、交尾したり、華やかな社交場の一部始終を彼は持ち前の腕でカメラに納めるのだ。あぜ道の中途に彼は陣取る。大きなパラソルの下、テーブルと折り畳みいすを置き、愛用のカメラを膝に乗せて終日がんばる。

小道を通りかかった老婆が立ち止まって、大声で呼びかけた。

「毎日、そこに座って何しよるかね」

「ハイ　トンボ撮ってます」

「トンボおいしいかね」

「ハア　まだ食べたことないのでわかりません」

老婆は、黙って歩いて行った。次の日のことである。彼女はあぜ道を小さな紙袋を抱きかかえながら、とことこ歩いて彼のそばに近づいてきた。

「これねエ、今年の新米。家に帰って食べなさい」

「有り難うございます。いただきます」

トンボのことは話題にならなかった。老婆は新米とおかずのとり合わせを考えていたにちがいない。

秋の空は、あくまでも青く、深く、限りなく透明であった。

気骨

お隣さん

文様

温暖な静岡と違って、宮田はまだまだ春遠しの寒さです。「啓さん、昨夜も遅くまで頑張っていたんだね。私は灯りのついている窓に向かって、おやすみなさいと言って一足先に寝ました」この言葉を何度聞いたことでしょう。いつも裏の家から見守っていて下さる、その心強さは六十年という隣り付き合いの歴史が作ってくれた賜物です。

六十年前、ご長男が小学校に入学。私も新任教師としてご主人と同じ学校の同学年として教師の手ほどきを受けました。以来六十年余、二家族の様々な起伏の歴史を共に刻んでまいりました。母が晩年ボケが出始めた頃、あなたの家が母の駆け込み寺でした。下駄と草履をはいて来た母を気遣って、気付かれないように私の家に履物を取り替えに来られました。私の女房が入院してたまに外泊の時は、あなたの部屋が彼女のリフレッシュの場所でした。私は自宅横の菜園で採れた野菜は、まず報告がてらあなたの家に持って行きました。その喜びようは尋常ではなく、なによりのご馳走でした。帰るとき、いつもあなたのじっと見つめる視線を背中に感じていました。心配かけないように、ゆっくりと足を上げて歩いたものです。「私は昭和と一緒に歩いてきたの。今が一番幸せ」九十年を生きてきて、あなたは私の前でいつも論客でした。今日の政治状況に悲憤慷慨したり、人間不在の情報社会、マスコミへの不信感等、嘆きを共有できたのは幸せでした。深夜カーテン越しに隣りの家を見ても灯りはついていません。身を切られるような寂しさを感じます。娘もおばちゃんを取られたような気がすると言っています。新生活のため去っていく人、留まる人、立場は違っても大切な人であることには変わりありません。どこにいても私たちの宝物であり続けて下さい。私の良きライバルであったあなたのことを、これからは「武藤のおばあちゃん」と呼ぶことにします。心からの敬意をこめて。

昭和九十二年二月八日

金澤　啓

お隣りさん

第四章

道草の詩

音楽考（サプリメント）

私のサプリメントは音楽である。サプリメントとは、狭義にはビタミンやアミノ酸等の不足した栄養素を補う食品のことである。私は今まで医者の指示以外で、市販のサプリメントのお世話になったことはない。私のサプリメントは、いつもテレビやラジカセのCDで補強している。

人体の水分は体重の六五パーセント位らしい。私の体を輪切りにすると、その大半は音符や歌詞がごちゃまぜになって流れ出るに違いない。

春眠暁を覚えずというが、今朝は珍しく六時に目が覚めた。どうしたわけか頭が冴え冴えとしている。ベッドの中でその時間を楽しもうと思っていたら急に「哀愁波止場」の第一節が、頭の上の方から流れてきた。わからないまま飛び起きてパジャマ姿で仕事部屋に飛び込んだ。急いでパソコンを起こし、美空ひばりを検索した。「哀愁波止場」をクリックすると、ひばりの低く抑えた透明感のある声がスローテンポでキーボードから溢れて来た。

「夜の波止場にゃ……」私は小さく口ずさみながら、次のフレーズを待った。私の涙腺はゆるみ、なぜか涙が流れだした。その空気感が私の心を満たしていく。サプリメントの効果てきめんである。今日も心静かに一日が始まっていく。ひと区切りの時間が過ぎて、さわやかな気分になった。

そう言えば、遠く記憶の外になりそうな昔、娘を抱いて部屋の中をあちこち歩くことがあった。手が温かくなり、眠そうな顔になった時、子守歌を歌ったことがある。「ネーンネーンコロリヨ　オコーローリヨー」すると娘は眠むそうな顔をゆがめて泣き出した。歌うのをやめると、いつもの表情に戻る。試しに歌い出すと、すぐに泣き顔になった。次の日も、次の日もそれは変わらなかった。妻は、可愛いそうだからほかの歌にしたら、といって笑った。

その頃皇太子妃の美智子さまの記事が載っていた。美智子さまは、シューベルトの子守唄を歌うそうである。歌を聴くと泣けてくる私の遺伝子を、娘は受け継いでいるのかもしれない。幸か不幸かそのことを話題にしたことはない。

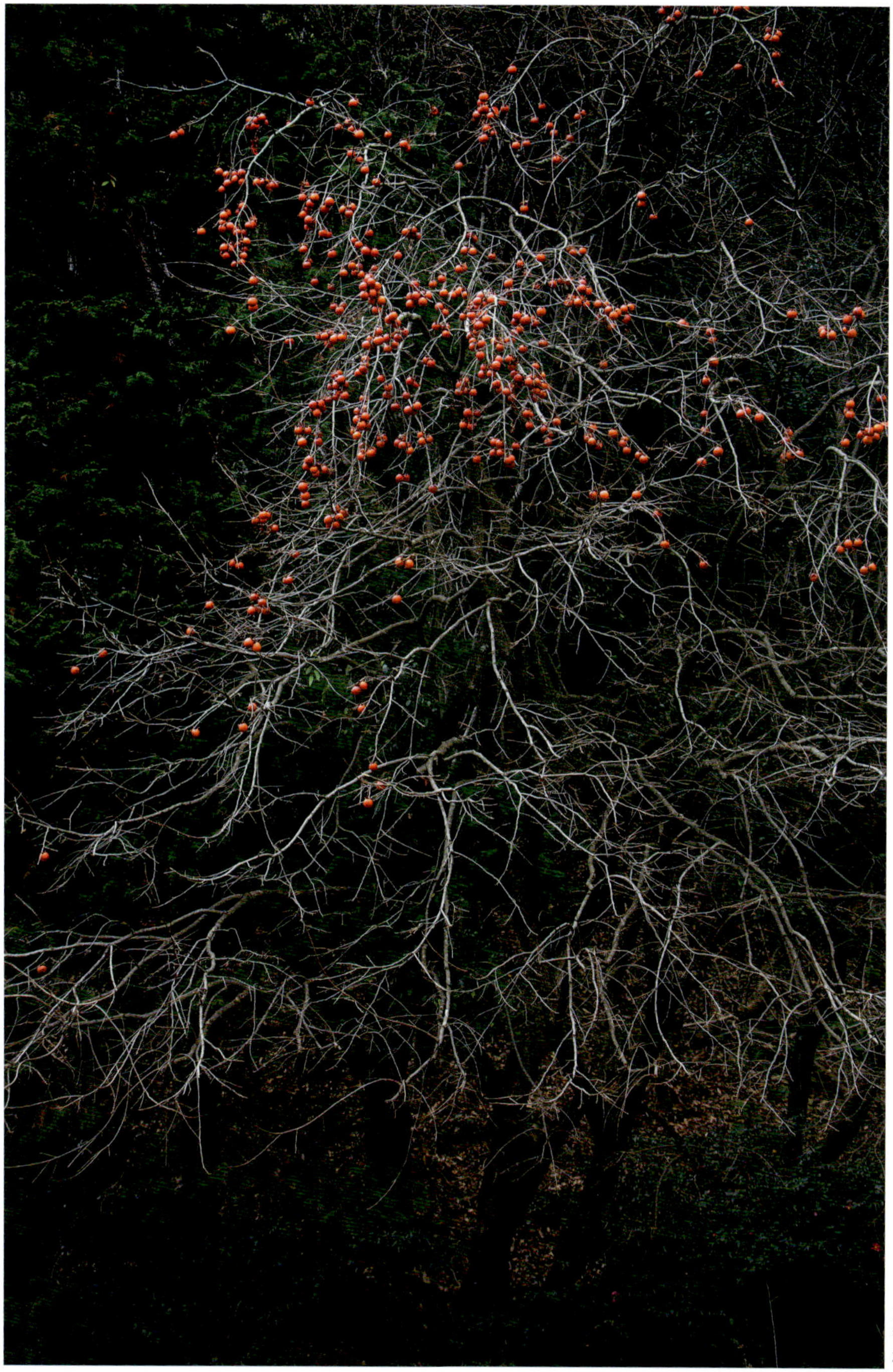

木守柿

音楽考2（軍歌）

「恩賜の煙草をいただきて……」夕食を終えると叔母に背負われて夕暮れの川土手を散歩するのが日課であった。私は四歳、いつも背中でこの歌を聞いた。メロディの記憶はなかったが、なぜか歌の出だしは覚えている。これが私が出会った最初の軍歌である。最近その歌が、昭和十四年公募の「空の勇士」という曲であることを知った。

昭和三十四年教職に就いた私の周囲には、戦争体験者の先輩が多くいた。

教壇の上では戦争を憎み戦前の教育を批判したが、宴会の席上では軍歌が宴をにぎわせた。カラオケのない頃である。それぞれが持ち前の軍歌十八番を披露した。二次会で軍国酒場をのぞいては、その雰囲気が何故か懐かしく心の安らぎを覚えることの矛盾が、どこからくるのかわからなかった。

その頃、直方青年会議所主催の「高木東六講演会」が開かれた。私の友人が会頭だったこともあって、無理に参加をさせてもらった。狭い会場には大きなグランドピアノが据えられ、横には「水色のワルツ」の作曲家高木氏が腰をおろしている。最前列の私は講師と視線が合って、たじろいでしまった。

講演が始まった。炭坑節の曲がジャズ風に、ワルツ風に、歌謡曲風にアレンジされていく。クラシックになり、歌曲になり、ルンバ、民謡と次々に曲想を変えて演奏され、最後に軍歌風にアレンジされて一連の演奏が終わった。

彼は静かに軍歌について心情を吐露し始めた。「戦場慰問に何度も駆り出され軍歌を演奏した。私は軍歌が大嫌いだ。国は私に軍歌を作れと強要する。私が作ったのは「空の神兵」である。ほとんどの軍歌が短調である。歌詞は勇ましいがどこか悲しい。メロディが短調だからだ。私は思い切って長調の曲にした。」彼は突然ピアノで明るい弾むような旋律で、見よ落下傘空を征くの曲を弾きだした。日本の文化には、わび・さびの世界がある。古来から受け継がれてきた精神文化、その底流には短調の心情がある。

軍歌という異次元の音楽がどこかで、私の心の琴線にふれていたのであろうか。もの悲しい短調の調べ、歌詞とは裏腹の人の持つ哀しさや憂いの調べが。

サーフィン

アルミの弁当箱

五月のさわやかな風は中庭の矢車草をさらりとゆるがせて、教室の窓をよぎっていきました。三年一組の教室には重苦しい静けさが続いています。

啓君はお友達の徳三君のかげに隠れるようにして黙って座っています。膝の上には今日一日の約束でお父さんから借りてきたアルミの弁当箱が、両手にしっかりと握られていました。汗のにじんだ小さな手は小刻みに震えています。

「誰なんです、隠しているのは。弁当箱が一つ足りませんよ」先生の声が、キンキン教室に響き渡ります。啓君はみんなの視線を感じると、まるで泥棒でもしたかのように、ほっぺが赤くなるのをどうしようもありませんでした。

教室は静まり返っています。教壇の上には石でつぶされた弁当箱が、うずたかく積み上げられています。もう弁当箱とはいえない形です。どれも鉄の塊になっています。ぬかで作ったお団子も、カボチャの塩ゆでもサツマイモのおまんじゅうのお弁当も……。啓君はそんなことを思い浮かべながら、一つ、二つとぺしゃんこの弁当箱を数えていました。ちょうど三十まで数えた時、先生の目とぶつかりました。「啓君あなた弁当箱はどうしたの」まるで啓君の心の中を見抜いてでもいるような厳しい声でした。啓君は黙って膝の上の弁当箱に目を落としました。「あなたですね。お出しなさい」川原先生は強い力で啓君の手からアルミの弁当箱をひったくりました。「これ僕のだ。お父さんのおかず入れを借りて来たんだ」声が喉にひっかかって先生にはブツブツとしか聞こえませんでした。「啓君お国のために少ない鉄砲や戦車で戦っている兵隊さんに飛行機を送りたいとは思わないの。非国民ね」啓君には、兵隊さんより何より弁当箱の方が一等大切だったのです。しかし、次の瞬間ハッと息をのみました。小さな弁当箱はでかいごつごつした石でたたきつぶされたのです。ガランガラン大きな音を立てて弁当箱はぺしゃげたお化けの山に投げ込まれました。三年生の啓君の戦争は、まだまだ続いていくのです。

昭和二十年五月、敗戦が目前にせまっていた頃のお話です。

野火走る

私の太平洋戦争

昨夜は不気味なサイレンの音もなく、久しぶりに熟睡できた。

私は三年生。用務員室の横にある教室は初夏の陽光に溢れていた。

一時間目の中ごろである。突然用務員室のサイレンが甲高い音を立てて鳴り響いた。「全校放送、全校放送。警戒警報がでました。皆さんたちは勉強をやめて運動場に集合。各地区毎に集合して人員点呼」教室のスピーカーが繰り返し放送する。サイレンを合図に学校全体がハチの巣をつついたように騒然となった。私は防空頭巾を肩から掛けると、教室から飛び出した。

昭和二十年になると、毎日のように警戒警報がでる。空襲警報がでるまでには少しの時間がある。私達は整然としかし敏速に決められた場所に集合した。「生見分団全員集合しました」六年生の部伍長が係の先生に報告する。「よし、生見分団駆け足進め」次々に集団が走りだす。警戒警報だけで終わることもあるが、空襲警報が出る前には家にたどり着かねばならない。子どもながら必死の下校となる。校門を出て間もなく、早くも空襲警報のサイレンが鳴り響いた。千石川にかかる中島橋の真ん中で、頭上に飛行機の爆音が聞こえてきた。私は反射的に上空を見上げた。大きな爆撃機が家並みに被さるように低くゆっくりと飛んでいる。私は飛行帽をかぶった操縦士の頭を見た。メガネが光ったように見えた。私達は「イチニ、イチニイ」を繰り返しながら橋上を懸命に走った。

その時である。「おーいそこの子供達、防空壕に避難しろ」人影のない橋の上を裸足の大きな先生が走って来る。腰のタオルがくるくる回っている。みんなは、橋のたもとにある大塚呉服店の横の防空壕に走り込んだ。私は敵の飛行機の下を走ってきた男先生は凄いと思った。その先生が古田という名前であることを後で知った。爆撃機は予備の爆弾を村はずれに落として飛び去った。

終戦の翌年、私は四年生になった。担任は古田先生であった。「先生、僕は小学校の先生になります。どこの学校に行けばいいのですか」「そうか、田川に先生になる学校があるよ」あこがれの先生はそう言って笑った。

箱庭の海

君死にたまふことなかれ

二〇一五年九月十五日は「安保法案強行採決」の日である。その直前武藤貴也衆院議員が自民党を離党している。安保法案に反対する学生らを「『戦争に行きたくない』という極端な利己的考え」と批判して問題になったからである。国民に対しての責任は、と問われて「法的問題は生じていない」として、議員辞職はしないという。口先だけで命を論じる軽薄さがずっと気になっていた。半年後、その懸念は連日の国会審議での混乱が証明している。靴下とメガネがトレードマークの防衛大臣が「時の人」になって久しい。相次ぐ虚偽の答弁、発言の修正や否定、陳謝。個人にかかわる事案なら、そんな人間と思えば事は済む。しかし、一国の防衛大臣の発言である。「戦闘状態を、単なる武力衝突」などと口先だけでかわす答弁では、命を張って内乱状態の外国に派遣される自衛隊員の身になるとたまらない。家族にとってはなおさらである。そんな防衛大臣に国民の命は任せられないと思うのは私だけであろうか。

評論家長谷川如是閑が一九二九年一月号「我等」に『戦争絶滅受合法案』を紹介している。著者はデンマークの軍人陸軍大将フリッツ・ホルムさんである。

戦争行為の開始後または宣戦布告の効力が生じた後、十時間以内に以下の各項目いずれか一つでも該当するものは、最下級の兵卒として召集。出来るだけ早急に最前線に送り、敵の砲火の下に実戦に従わせるべきである。

〇君主や大統領を含めた元首で男性　〇元首の十六歳以上の男性親族
〇首相、大臣、次官　〇開戦に反対しなかった男性の国会議員・高位聖職者。

上記該当者は本人の年齢や健康状態などを考慮に入れてはならず、健康状態については召集後軍医官の検査を受けるべし。また上記該当者の妻や娘、姉妹なども戦争継続中、看護士や使役婦として召集、最も砲火に接近した野戦病院に勤務させる。

八十年前と変わらない今日の状況。戦争体験のない国会議員の軽薄さがまかり通っている悲劇。人口知能を持つロボットならば、国会議員の大半を戦争犯罪者と判定するだろう。与謝野晶子の真実を「鏡」としたい。

蔵

道が消えた

それは冬の夜の摩訶不思議なる体験であった。「四十にして惑わず」というが、私の前から突然道が消えたのである。「ようし、やったろうじゃないか」四十四歳の私は挑戦的な気分になっていた。それもそのはず、私は二度の道探しに失敗して、出発点に逆戻りしてきたばかりであった。私はクーラーボックスの上に座り、ゆっくりと煙草を取り出した。かじかんだ手で不器用にライターで火をつけた。大きく深呼吸して思いっきり煙草の煙を吐き出した。そしてゆっくり周囲を見回した。荒涼としたダム湖の底がむき出しになって、霜柱が月光の下で青白く光っている。目の前には廃屋の土台石や石積みの壁が幾重にもつながり、集落があった面影を忍ばせている。ダム湖にそそぐ一筋の流れが上流へと続き、千石川の源流へとつながっている。私は一人、夕暮れから釣り糸を垂れ、産卵のため上って来るワカサギを釣っていたのである。

二月の力丸ダムは、笠置山の山懐に抱かれて、しんしんとした寒さである。竿先の水滴が凍りつき操作が難しくなってきた。漁獲も百数十匹になったので、引き上げることにした。夜の八時を回っていた。月は満月に近く明るさも十分であった。いつも通り慣れた道をいつものように、廃屋の壁際を幾重にも曲がり、県道に止めてある車までたどり着くのに五分もあれば十分であった。

クーラーボックスの位置は、釣り場の川原からひと上りした屋敷跡にあった。そこからは広い草原が続き、車のある県道までは見渡せない。私は煙草をふかしながら、歩いてきた道順を頭の中で復習していた。絶対に間違うはずはないのである。しかし二回とも県道に登る土手の直前でけもの道が消えていた。細いが切りこみのあるけもの道の他には、かなりの急坂を登る手立てはない。土手一面に野イチゴの蔓や、棘のある野バラが密集しているからである。二回の失敗ののち、私は一つの結論を出した。「俺はキツネにだまされているのではないか。だまされてたまるか。」私が煙草で一服したのも、腹いっぱい煙を吐き出したのも、クーラーの中味を狙っているキツネの仕業に違いないと思ったからである。単純だけれど課題がはっきりした方が対策を立て易い。煙草を吸い終えると冷静さが戻ってきた。もし三度目の挑戦でも道が見出せなかったら、そのまま藪と茨の土手を強行突破することに決めていた。

段 畑

県道に出て駐車している車までの位置を確認したかった。ここが勝負どころと決めていた。私は歩き始めた。長靴で踏みしめる霜柱の感触が心地よかった。三カ所の屋敷跡を過ぎた。後は一直線に草原を山に向かって進む。予定通りの行程で土手の青白い草むらが近づいてきた。いよいよ勝負の時である。間際まで近寄ったが、草丈がたかく県道も車も視界には入らない。二度の失敗はあったが、私の判断に揺るぎはなかった。そのまま休まずに土手に突き当たった。目の前に登り口がある筈である。私は足を止めて左右を見渡した。この月光の明るさでけもの道を見逃すはずがない。草イチゴのもつれた蔓も、野ばらの鋭い棘も青白い光の中で輝いている。それなのにけもの道が見つからない。

私は思わず後ろを振り返った。背を屈めて辺りをゆっくり見まわした。どこにも動物の気配はない。私は初めて困惑した。原因がわからないと次の行動に移れないのだ。狐でも狸でもいてくれれば、それはそれで筋書き通りなのである。私は二度目の煙草に火をつけて、歩いてきたあぜ道を見つめ続けた。

腰のタオルを首に巻き付け、くわえ煙草を投げ捨てると、傾斜の急な土手を直線的に登り始めた。クーラーボックスに蔓が巻き付き、釣り竿が動きを束縛する。顔の汗をタオルの端で拭くと血の匂いがした。棘に構わず力を入れないとクーラーごと滑り落ちそうになる。予想以上の苦戦を強いられた。やっと県道に手が届き這い上がった。目の前に車の前輪があるではないか。

次の日は土曜日であった。「金澤君釣れましたか」「はい、約束通り先生方の分まで天ぷらにしてきました」「ようし、昼食会は校長室にしよう」　昨日は早めに年休を出して釣りに行っただけに、面目は保ったが、私は決して納得はしていなかった。昼食会はまず傷だらけの両手に話題が集中した。ワカサギ釣りの経験がある人は、「金澤さん、私は信じる。化かされたとしか思われん。それでないと説明つかんからね」反論はなかった。私の体験は確信に変わった。「でも金澤君は人がいいからね」校長の合の手で食事会は盛り上がったが、人がいいから騙されたでは、少し不満でもあった。この屈辱感は今も続いている。

雪のメルヘン

おまじない

「蛙サン蛙サン　チョット止ーマレ」いつの頃からかそのおまじないは頭の中に刷りこまれていた。まるでそれは祖父からの置き手紙のようなものであった。貝島炭鉱華やかなりし頃、宮田町は石炭景気に湧きかえっていた。田舎町は人で溢れ、商店街は深夜まで光の洪水でにぎわっていた。

私はナイトショウの映画が終わると、田舎のでこぼこ道で、満天の星を見上げながら、道端の草むらの中で立ち小便をした。車の少ない時代である。

心行くまで夜気を吸いこんでは、このおまじないを二回繰り返して用を足したものである。「草むらの中の蛙さんに断っておかんとチンコが腫れるぞ」祖父の刷りこみは、青年になってからも生きていた。

先年の夏、私は写真の仲間に誘われて、下関の彦島に御座船の撮影に出かけた。彦島大橋は夏の太陽と紺碧の海を二分するように五〇〇メートルの雄姿を輝かせている。その壮観さに目を見張った。

道幅の広い橋の上は、陸に面した片側だけにカメラの三脚が林立している。

午後の三時を回り、そろそろ御座船の出番が近づいてきた。大橋を目前にして私は急に尿意をもよおしてきた。さて、どうしたものかと振り返るとはるか遠くの広場に公衆便所の屋根が見え隠れする。足の不自由な私には、引き返す余裕のない距離である。はたと当惑して立ち止まった。

「金澤さん、欄干の手前に草むらがあるやん。人がいてもあまり目立たんよ」相棒は私の様子を察して、小声で促した。小さな群れが私の横を通り過ぎていく。私は群れが途絶えた時、草むらに近づいた。その時である。左側を二人連れの警察官が交通係の腕章をして、ゆっくり近づいてきた。

「すみません。ここでオシッコするので向こうを向いていてください」

「はい」オウム返しに短い言葉が返ってきた。二人は即座に首を横に向け、ゆっくり歩いて通り過ぎた。私は不器用に用をたした。おまじないが効いたのだ。

夏風が体の中を吹き抜けていく。突然、御座船出発の花火が上がった。

雪原眺望

永訣の刻は移ろいて

郷愁は赤きとんぼの生《な》るるころ　　実

お盆のころになると　いつもきまってこの句を思い出します
私が勤め始めのころ　知人が作った句です

村の鎮守様の木立の間から聞こえてくる　盆踊りの笛や太鼓の音
草いきれの空に　ツンとすまして飛び交う赤とんぼ
その村里の風景の中に　妹や母や父の在りし日の面影を思い出すのもお盆の郷愁の一こまでした
今年　その中に妻が加わりました

妻を亡くして一年
その日々は　あまりに長く　また短いものでした
時の流れは　過去を忘れさせてはくれません
時を刻むにつれて　妻への心象がますます鮮やかになり　郷愁となって私の体を浸していきます

初盆会は　妻と会える日
妻をとおして　お世話になった方々と会える日
お盆を迎えるにあたって　私の心は　少し華やいで和やかになっていく気がします

残暑の厳しい折　多忙な中をお参り下さって　有り難うございました。
厚くお礼申しあげます
盆提灯の風の揺らぎの中にも　小さな秋への移ろいを感じさせます

平成十六年八月

金澤　啓

夕暮れのひと陽

女優「原節子」に想う

西日本新聞の「春秋」欄で、原節子死去の記事を見た。原節子との出会いは小津安二郎監督の映画「東京物語」である。「私、そんないい人間ではありません」「私ずるいんです」義父笠智衆に向かって言う、紀子扮する女優節子のはにかんだ表情が、私を虜にした。その頃学生ナンバーワン人気女優は八千草薫であった。日本的な表情やしぐさ、会話からも穏やかな優しさがあった。

私は「晩春」「麦秋」と原節子主演の映画を続けて観た。銀幕の頂点に君臨していた女優原節子は、突然銀幕から消えた。四十二歳にして、一言の理由も告げずに映画界から引退、その後社会との接触を一切絶った。その理由は今でも明かされていない。しかし、日本の映画界を背負って立つ不朽の名女優の一人であることは間違いない。

その頃から監督小津安二郎の独特な映画作りに興味を持ち始めた。

その手法はローポジションによる撮影である。低い位置にカメラを固定する。カメラの視野に広がりはないが、その奥行きは極めて深く遠い。その限られた空間を人物が動き、語り、奥深い背景には、人が通り過ぎ自転車が走っている。青空が広がり、子等が走り去り、広告や電信柱が世相を表現している。

この計算された空間の中で、人々の日常が物語られていく。会話は短く研ぎ澄まされ、繰り返しの言葉や相槌やつぶやきが人間像を鮮やかに描いていく。私の原節子像はここから生まれている。女優として演じている「紀子」を「節子自身」と重ねていないか。勿論「紀子」と「節子」は別人格であることは承知している。ただ、小津演出によって生まれた虚像の「原節子」を偶像として捉えていたとすれば……と思うと私の青春が少し色褪せてくる。

さて、私のアイドルであった「八千草薫」は、毎日テレビコマーシャルの中で踊っている。階段を颯爽と上り、足早に歩く姿は、「暮らしの手帳」から抜けだした美人おばちゃんである。私のあこがれた宮本武蔵の「おつう」とはいささか距離を置く。それに比べて女優原節子は、ルーブル美術館展示の「モナリザ」にも見える。失われた青春の日々や、故人への哀惜の想いであろうか。

野火終焉

幸せスポット

病室の大きな窓
白いレースのカーテンに寄り添いながら
夜明けの微光が忍び寄って来る
「生きている」という自覚を持ってささやかな一日が始まる

広い個室
レースのカーテンを閉じる　アッパーライトを消す
読書灯を消す　室内シャンデリアを消す　案内照明を消す
夜の帳《とばり》が全ての色を呑みこんでいく
病室は私一人の弧室《こしつ》に変身する

ベッドの横に小さなテーブルがある
スポットライトが一握りの丸い輪を描く
そのスポットの中央にステンドグラスがある
黒と緑のガラスで組み込まれた小さな傘
ブラックのガラスは力強い骨格で光の屋台骨
ライトグリーンのガラスは夜の闇を明日への希望に繋ぐ光
触れることも　捉えることもできないが
小さな光は暗闇の個室を確かな明るさで支えている

無機質な夜が明け　平穏な一日が始まる
私はそっとステンドグラスのスイッチを切る
一人占めしたささやかな光の競演に終止符が打たれる
朝の帳の中を救急車のサイレンの音が遠ざかっていく

心の灯

「時を紡ぐ」日々

人はそれぞれに自分の舞台を持ち、時の流れの中で自分を演じている。

昨年の夏、漫画「はだしのゲン」が話題になった。

ある地域の学校や図書館から、突然、はだしのゲンが消えたというのだ。

過激な描写、露骨な表現が青少年に悪影響を及ぼすというのが理由らしい。

この本は海外二十カ国に翻訳され、一千万部を発行、四十年を経た今もなお読み継がれている。

何故、表舞台からこの本が消えたのか。

地方教育委員会から、一方的に指示が出たというのである。

当時の文部科学大臣は「法律上問題ないし、一つの判断だと思う」と述べている。

法律に触れなければ何をやっても許されるという認識、この発想の単純さ、貧弱さ、「国家百年の計は教育にあり」と言われる中で、その長たる大臣のコメント、そのことが問題にもならないところに、日本の教育行政のレベルの低さ、底の浅さを露呈したと言える。

戦争や原爆・原発への恐怖、東北地方の大震災、津波による電子力発電所の崩壊、放射能被害を受けた被災者の苦悩など、まさに日本の今日的課題を「はだしのゲン」は提起している。

戦争の残酷さ、その奥に隠された真実を探り、正しい歴史認識を後世に伝えねばならない。

時を超え、世代を超え、地域の壁、人の壁を越えて、先人達が蓄えてきた英知を伝えねばならない。

教育を無力なものにしてはならない。

たとえ観客の関心が少ないドラマであっても、生きている限り舞台に立ち続け「私の刻《とき》」を誠実に紡いでいきたい。

湖水の涼

駆け込み寺

その門はいつも開いていた。門柱の横のインターホーンを押すと「どーぞ」という明るい声は、いつも同じであった。男主人は私の「囲碁仇」女主人は「料理談義」の格好の相手役をして下さった。先輩の男主人は、私に社会の窓を大きく開けて下さったし、奥様は心の窓の奥行きを広げて下さった。この家族ぐるみの交流は、かれこれ半世紀も続いている。その繋がりが私の「駆け込み寺」に変わったのは、私が退職してからである。

家庭的には順風満帆であった私にとって、退職を契機に、八十五歳で母が急死、八十八歳で退院目前の父親が急死、十年の闘病生活を経て不帰の人となった妻との別離。三世代住宅の広い部屋に、娘と二人きりの生活になった私にとって、「駆け込み寺」は、私の心の平安を保つための第二の「故郷」となった。

六十代の前半は、早めに夕食を済ませては、囲碁の他流試合に出かけた。夜の九時迄と決めてはいたが、居心地が良すぎて遅くなる。帰りには二人で見送りに出て頂くのに心苦しさを感じながら、つい甘えてしまっていた。

一級品のコーヒー、バラエティに富んだデザート。居間は喫茶店になる。手作りの煮豆、肉じゃが、きんぴらごぼう、大根の甘漬け、ポテトサラダが並ぶと、そこはデパート地下の食品売り場に早変わりする。帰りには明日の食卓の一品にと、手際よく盛り付けられた包を頂く。ある時は電話で「おでんや餃子や肉じゃが作ったので、取りにおいで」の声がかかる。それはまるで高級料理店並みである。病気の時は枕元に鍋ごとおでんが届けられたこともある。

家族の入院や葬儀などの後先には、いつもお邪魔しては心の支えになっていただいた。思い切って心の中をさらけ出しては、いつもの自分を取り戻す時間と場を与えて頂いた。ステンドグラス作りに立ちあい、写真の評価を頂きながら、互いに創作意欲を刺激し合ったのも、駆け込み寺という道場があったからである。晩年の事故に苦しみながら、正気を失わずにここまでこれたのも、障害を共有出来たからである。今も駆け込み寺の門は、開いたままである。

水温む

オムライスへの道

昼食後の余韻の中で、二人はまだ椅子に留まっていた。

「オムライス知ってるよね」「ウン知ってる」「食べたいと思わない？」「どうして」「食べたいよね」「夕食はオムライスにする？」

娘との会話はそこで終わった。

私のテレビ視聴は大半がＢＳ番組である。その番組に時々割り込んでくるのが火野正平が登場する「日本縦断こころ旅」である。日本各地を自転車で旅しながら、田舎の隠れた絶景を視聴者の手紙で紹介する旅番組である。

昼頃になると田舎の小さな食堂を見つけては昼食を摂る。彼が注文するのはオムライスが多い。各地のオムライスが、形を変え、食材を変え、色どりを変え、盛り付けを変え、量を変え、観ている者の味さえも変えてしまいそうな一品ばかりである。私は、オムライスの多様さ、豪華さ、華奢《きゃしゃ》な品の良さなどに、年齢を超えて食欲を高ぶらせる？　ことが一度や二度ではない。

私のオムライス願望は、高まるばかりであった。

夕食の時間になった。二人の食卓にはオムライスが登場している。だ円形の縁取りの装飾がある洋皿に、程よい高さに盛り上がった卵のカーテンが中味を覆っている。卵の表面はケチャップのジグザグ模様が施してある。

「ケチャップはこんな色だった」「そうだよ」「模様は亀の子みたいにクロスしてなかった」「そうかもねェ」フォークで小高い丘を崩してみる。「チキンがはいっていないね」「そうかもねェ」「ご飯はこんなに柔かったかなあ」「そうだねェ」「グリンピースは？」「それはチキンライスでしょ」ひと匙口に入れてみる。まろやかな控えめの味に、ハムに混じったピーマンの香りがさわやかである。「味はどう？　オムライスの感じかな」「いやあ、美味しいんだけれど、どれが本当の味なのかねえ」「そうでしょう。私も最近食べてないから、本当の味はちょっとねェ」「ようし、今度オムライスの専門店を調べて食べに行こう」

オムライスへの道は、まだまだ続く。

豊穣の里

楡

秋らしくない曇天の中、なじみのメガネ屋さんの前で車を止めた。ガラス張りの底抜けに明るいショーウインドーの奥から「いらっしゃいませ、オムライスのお店、二軒見つけましたよ。下見も済んでます」いつもの穏やかな奥様の声に、少し華やいだ気分になった。端正に書きとめられたメモを受け取ると、短くお礼を述べて店をでた。飯塚の本町商店街は、ウイークデーのせいか通りは閑散としている。井筒屋を通り抜け、いくつかの路地をやり過ごして、商店街を抜ける手前の小さな路地を左に曲がると、すぐ右側にその店はあった。

路地の片側を一人占めした広い間口、赤レンガ風の壁の両側には六角形を半分に仕切った形の出窓が並び、その中央には大きな木枠のドアが歴史の重みを感じさせる。左端には低い白の灯標に『楡』の名前が刻まれている。横には小さな丸テーブルと二脚の椅子、後ろの壁際にはマウンテンバイクが無造作に置かれている。灯標に割り込むように、木枠に支えられて小さな黒板がある。白の白墨《はくぼく》でオムライスの絵とセット九七〇円と手書きの字が添えてある。このレトロ風のたたずまいは、さながらイタリア南部の下町を思い出させる。

重い木枠の扉を開けた。昼には早いせいか店の中に客はいない。左正面には楕円形のカウンターが奥まで伸びている。正面の飾棚にはアンティークな人形や飾り物、ワイングラスやコップなどが、控えめな照明の中に落ち着いた雰囲気を漂わせている。カウンターの向こうから初老の男性が近寄って来た。

「何を召し上がりますか」私は迷わずオムライスセットを注文する。調理場に注文を告げると老人はそのまま奥の丸椅子に座って両手をひざに乗せた。私は広いカウンターの中央に一人座ったまま静かな時間が流れていく。

老人はまるで置き物のように動かない。私は声をかけたい衝動にかられた。「この店のオーナーさんですね」「はいマスターです」「素敵なお店ですね」「有り難うございます」「何代目ですか」「いえ私が初めです。そんなに古くないです」「お店の名前が好きです」「そうですか」「名前の由来を聞きたいなあ……」「父が家具屋をやめたので、この店を始めました。家具の中でも楡の木は固くて光沢が素晴らしい。最高の

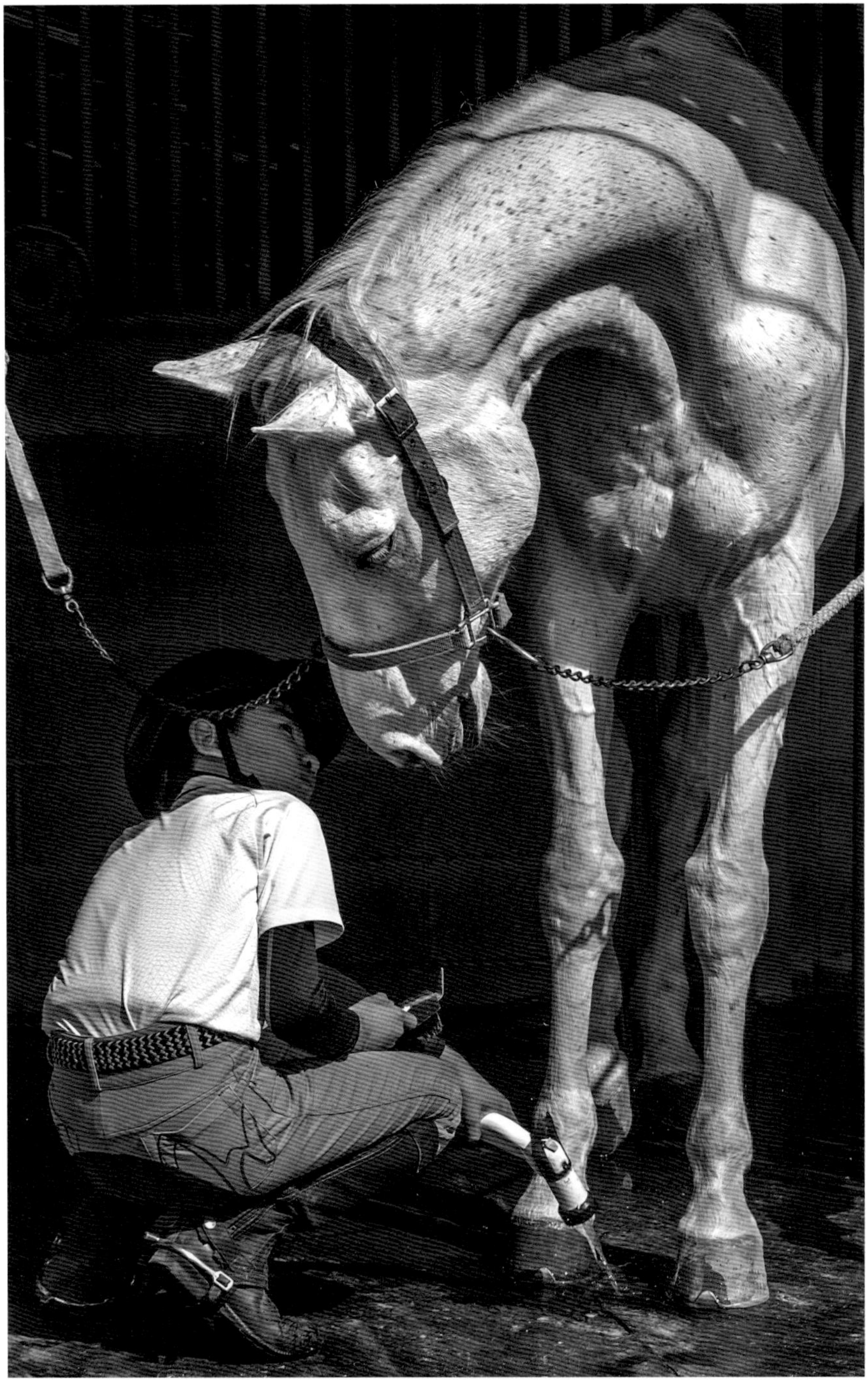

視線

家具になります。カウンターの材質も楡の木です。それと、『楡家の人びと』という北さんの本の名前から頂きました」表情を崩さずに淡々と話し出す話術に引き込まれていく。「僕は来年八十歳だけれど、あなたは」「私は六十七です。店を始めて四十五年になります。今は息子の手伝いをしていますが……」私はすべてが読みとれたような満足感に浸っていた。

私は、昭和の良き時代がスッポリ詰まっている宝物を掘り出したような、探し当てたような気分になっていた。マスター電話です、呼び出しで会話が途切れた。昼食用のオムライスとサンドイッチの出前の電話らしかった。

「でも、こんな贅沢な雰囲気の中で、コーヒー飲みながら、本を読めると最高ですなあ」思わず本音がでてしまった。マスターがあわてて打ち消した。「お客さん今は昼前ですが、大混雑になります。ゆっくりお出でになるのなら、二時すぎに来てください。静かな時間に戻りますから」オーナーの人となりがそのまま表れた言葉が嬉しかった。

「はい、お待ちどうさまです。」大きな洋皿に円形に近い形のオムライスとサラダの皿が盆に載っている。匙で卵の山を崩していく。「マスター鶏肉は入っていないんですね」「はい、今どきはチキンの嫌いな人もいますので」ここで会話は小休止、食べることに集中する。

部屋全体の雰囲気がやんわりと戻って来る。カウンターの反対側には四人一組のソファーが四組、ゆったりとしたスペースで置かれている。

部屋の中央にはステレオが置いてあり、洋盤がうず高く積み重ねられている。洋盤の紙のケースは古びて、ほころびも見える。その頃になって気づいたのだが、時折流れてくる洋楽の女性シンガーの枯れた声の響きが、メロデイになって流れてくる。ゆっくりとしたテンポで気だるい旋律が、静かに昭和の刻《とき》を奏でている。

オムライスはやさしい味であった。黒板の白い白墨の匂いがした。オーナーが四十五年間守り続けたオムライスは、忘れかけていた若い頃の華やいだ時間をデザートに添えてくれた。私はオーナーに向かって一礼して外に出た。

秋の昼下がりの曇り空までがまぶしく思えた。

私は再びこの店に娘と来ることになる。午後の二時頃に……。

秋立ちぬ

大当たり

　街の中心地域から三軒の食品スーパーが消えて久しい。歩行が困難ながら車での移動が出来る私は、街はずれのスーパーに、週三回くらい食材の買い出しに出かけている。主婦業である私にとって苦痛な時間の始まりである。

「四九八円です」中年の店員さんの抑揚のない声が、レジの向こう側から聞こえる。

「五百円になりませんか」「……あのう四九八円です」

　私は財布の中に不器用に手を突っ込みながら「五百円にならないかなあ」と呟き、不自由な指先で一円硬貨をつまみだしている。ちらっと視線の向こうで眼をまんまるにしたレジ係の顔が目に入る。私の財布は硬貨入れが二つに仕切られ一方に一円と五円硬貨を入れている。日頃は後ろで待っている通勤帰りの客を気にして、千円札を出している。財布はたちまち膨れ上がり硬貨が溢れてしまう。レジ係を気にしながら片手でつまんだ硬貨を取り出していると、手のひらから硬貨が滑り落ちる。あわてて店員さんが出てきてあちこち拾ってくれる。財布の中から取り出すのを諦めて、テーブルの上に財布の中身を丸ごと出して、必要なだけ取ってもらう。その後は自分でつまんでは一個ずつ財布に余分の硬貨を戻す作業が残っている。その間レジの作業は中断したままである。やっと一仕事を終えて、店員さんと後ろの行列に頭を下げて無罪放免となる。

「障害という悪魔」は、毎日の生活の隅々にまで悪さをする。憎い。

　それから半年ほど経ったであろうか。いつものスーパーで買い物をして、いつものようにレジ台の前に立った。「大将、今日は大当たりですよ」中年の店員さんの声がいつもと違う。「何かあったんですか」私は彼女の眼を見た。

「今日は大当たりですよ。ピッタシ八百円です」「有り難うね。お釣りはいらないよ」私は千円札を出して大声で言った。横のレジ係の店員も笑っている。私はこのレジ係と話題を共有できたと思った。彼女は私との会話を理解し、ずっと買い物のたびに思い出していたに違いない。私は彼女の心根が嬉しかった。買い物難民の街と言われて久しいが、今日は一ついいことがあった。

天上のロマン

至福の時間

診察室の扉はいつも開いている。「お早うございます」「どう、お変わりない？　写真は撮りに行ってる？」満面笑顔で、明るい調子の言葉がテンポよく返って来る。私がほっと落ち着くひと時である。丸椅子に座って日常の生活や行動について話し始める。主治医は相槌を打ちながら、黙って聞いている。

「何か困ったことはないですか」「先生、左手で鼻毛を抜きたいのですが」「ダメだよ、駄目。それは無理だよ。だって貴方は頸椎損傷だよ、普通の人に比べて二倍の速さで筋肉が落ちてるんだよ」私は笑ってうなずく。

「貴方が入院した時、ご家族に話しました。なんとか車椅子で生活が送れるように努力しますから協力して下さいとね。ところが貴方の回復は凄かった。私の患者さんの中ではダークホースだった。だからね、こうして診察しながら『がんばってね』としか言いようがないのよね。貴方は意欲を持ってるし、外に出ようと頑張っているし、大丈夫だよ。酒を飲んでもいい、どこにでも写真撮りに行っていい、山に登ってもいい。好きなことをしていいから、転ばないことだけに気をつけて下さい。転んだら終わりだよ。」私を知り尽くした方の最高の励ましである。同情やいたわりや、憐れみの言葉ではない。応援者の優しさ、明るさが心の一体感をもたらしてくれる。私が「心の健常者」に戻れるのは、唯一主治医と話している時である。

昨年オリンピックのブラジル大会が連日テレビを賑わせた。なかでもパラリンピックの凄さは、医学、科学の進歩を伴って、人間の極限の可能性を見事に表現してくれた。片足が無くても、盲目でも、両手首が無くても、観衆の前で素晴らしい演技が披露された。でも私はあんなに早く走れなくていい。せめて三歳児位の早さで歩きたい。優勝者の「私は障害を持っていることに誇りを感じている」という気持ちにはなれない。せめて味噌汁のお椀を何不自由なく口元まで持っていきたい。障害を持つ苦しみは、必ずしも障害の大きさだけでは測れない、人それぞれの苦しみや願望がある。心の体力が試されるのだ。

鬼の天狗シデ

終章　モロッコへの道

モロッコへの道程《みち》は　限りなく遠い
それは　地図上の距離のことではない
飛行機に乗れば　たちまちその距離は克服できる

遠いのは「心の旅路」であるからだ
人生の道のりであるからに他ならない
「後ろめたい」という想いは「心の旅路」の問題なので厄介なのだ

私はこの六十数年　この「厄介」の世界を歩いてきた
周囲を慮《おもんぱか》って　自分に不都合に生きて来た
それは　私にとって正しい道であったに違いない

でも　と思う
私の人生に「二つの転機」があった

三十年前　癌を宣告された時だ
良い仕事をして　誇りと名誉を得たいという考えを捨てた
一日　ひと日を　いかに楽しく充実して送るか
そのことばかりを考えた

次の転機は　伴侶を亡くした時である
八年間の入院という準備期間のあとに　それは突然訪れた
「孤独」その正体は　寂しさではない　悲しさでもない
それは　どうしようもない「空しさ」なのだ
この「二つの転機」で得たもの

それは「自分に正直に生きたい」ということだ
「話を聞いてくれる相手」がほしい
「一緒に旅してくれる相手」がほしい

その相手がいれば　新しい人生を歩いて行ける
そのために　私は努力を惜しまない
第二の人生だけは　すべて自分のためだけに生きたい　と

それが　モロッコなのだ
モロッコに行くことで　これからの人生が始められる

モロッコでなくてはならない
それは　遠いからかもしれない
誰もが行く　華やかな観光旅行から外れる場所だからかもしれない
風の匂い　膚の匂い　異文化の匂い　未知への畏敬《いけい》
その　もろもろが「心の旅路」に詰まっているからかもしれない

だから　遠いのだ
でも　この扉をこじ開けないと　何も変わらない

夜明け前がいちばん暗いという
残された人生　その先の小さな燭光《しょっこう》に向かって
もうひと押し　踏み出そう
私はそのことを　誰に向かっても堂々と言える
私の中に　今までにない新しい自分を見つけ出した気がする

諸々の神に　感謝

神眠る時刻に記す

撮影場所一覧

頁	題名	撮影地
カバー表	春の目覚め	広島県北広島町　天狗シデ
本扉	霧の散歩道	山口県萩市
第1章	鐘の鳴る丘	福岡県飯塚市
9	老木の春	広島県北広島町　長沢のしだれ桜
11	清楚	福岡県直方市　花公園
13	高原の春	広島県北広島町　八幡高原
15	霧を纏いて	熊本県阿蘇市　草千里ヶ浜
17	アオサギ	鳥取県日野町
19	ピクニック	熊本県小国町　前原の一本桜
21	咲き競う	福岡県小石原
23	水のハーモニー	長野県軽井沢町　白糸の滝
25	天空へ	福岡県添田町　英彦山
27	野仏の里	福岡県添田町　英彦山
29	滝に佇む	大分県日田市　慈恩の滝
第2章	北国の春	長野県白馬村
33	由布礼賛	大分県由布市　由布岳
35	樹海に憩う	長野県木島平村　カヤの平高原
37	大地の詩	福岡県北九州市　平尾台
39	晩秋	福岡県宮若市
41	蛍舞う里	福岡県添田町　油木ダム
43	月触の夜	福岡県宮若市
45	氷雨の参道	福岡県添田町　英彦山
47	しばれる	長野県王滝村　自然湖
49	岬にて	宮崎県串間市　都井岬
51	予兆	山口県豊北町　角島
53	イスラムの女	モロッコ・カサブランカ
55	飛翔	島根県出雲市　日御碕
57	霧氷の朝	福島県北塩原村　雄国山
第3章	春の海	島根県出雲市　日御碕
61	夢幻	福島県糸島市　不動池
63	静寂	熊本県宇土市　御輿来海岸
65	闊歩	福岡県宗像市
67	梅雨の憂い	熊本県小国町
69	森の中	宮崎県串間市　都井岬
71	湿原の華	福島県北塩原村　雄国沼湿原
73	カルスト秋景	福岡県北九州市　平尾台
75	群舞	鳥取県日野町
77	ブレッド湖	スロベニア・ブレッド
79	秋燦燦	福岡県鞍手町
81	春隣り	福岡県添田町　英彦山
83	乗鞍朝景	長野県松本市　乗鞍岳
85	気骨	広島県北広島町
87	お隣りさん	福岡県宮若市
第4章	夕照の渚	熊本県宇土市　御輿来海岸
91	木守柿	福岡県宮若市
93	サーフィン	福岡県福津市
95	野火走る	熊本県西原村
97	箱庭の海	山口県岩国市　弥栄ダム湖
99	蔵	福岡県宮若市
101	段畑	福岡県川崎町
103	雪のメルヘン	福島県北塩原村　小野川湖
105	雪原眺望	長野県松本市　乗鞍岳
107	夕暮れのひと陽	福島県北塩原村　曲沢湖
109	野火終焉	熊本県阿蘇市
111	心の灯	福岡県宮若市
113	湖水の涼	山口県岩国市　弥栄ダム湖
115	水温む	福島県北塩原村　小野川湖
117	豊穣の里	福岡県川崎町
119	視線	福岡県宗像市
121	秋立ちぬ	長野県松本市　まいめの池
123	天上のロマン	大分県竹田市
125	鬼の天狗シデ	広島県北広島町
カバー裏	秋気満つ	長野県安曇村　上高地

あとがき

私が写文集『風の散歩道』を出版したのは、二〇一五年の秋でした。「彼岸への置き土産」の意味合いを込め、お礼として謹呈の栞《しおり》をはさんで、出版社から発送していただきました。

「喜寿」を節目として、長年年賀状の交流が続いている方々に、

カメラの映像では捉えきれない心象風景を、その時々の己の喜怒哀楽の姿として写しだそうと思ったのです。私の人生には常に「劣等感」という意識が付きまとっています。それは良きにしろ、悪しきにしろ私の人生に彩りと影を落としてきました。その時々の「己の姿」にこの劣等感という照明を当てたとき、己の実像と虚像を客観的に捉える事ができたような気がします。第一集でいただいた励ましや共感の言葉が、第二集出版への強い動機となりました。

アメリカの詩人アーサー・ビナートは「今の子供達はスマホを見て道草になっている」と言っています。電車の中に話し声はありません。誰も打ち合わせたように座席につくと、スマホをとりだして下車するまで興じています。中国からの観光客は「日本の電車は怖い。だれもしゃべらない」といったのもうなずけます。小学校のころ「道草しないでいつもの道をまっすぐ家に帰る。寄り道はしないように」担任の終わりの言葉はいつも同じでした。でも、子供達はいつもは通らない道を探検しては、生活の場を広げていました。新しい発見や体験をしては、自慢そうに友達に打ち明けたものです。生活には友人とのさまざまな出会いや出来事が、毎日の生活に楽しさや潤いを与えていました。

私の八十年は道草の連続でした。回り道・坂道・つづら折り・逆戻り・行き止まり。右折・左折・分かれ道、そのどれもが私の青春の豊かさを育み、生きる力を生みだしてくれました。道草をする中で沢山の風景と出会い、空の青さ、風の匂い、野山の温もりを体感しながら、人生を歩んできました。

「道草の詩」は、この八十年間に出会った多くの人々を縦軸とし、その出会いや別れ、共存の日々の中で生まれたドラマや日々の触れ合いを横軸にして構成しました。

この人間模様の舞台で演じられたさまざまなドラマの中で、共感し、失望し、希望や羨望などの繰り返しの時間を私は送ってきました。それはそのまま私の人生そのものであり、八十年の履歴書そのものであります。

私はこれらの出会いの中でいただいた貴重な体験を財産として整理し、確認し、余命を生きる糧にしたいと思っています。

脚本家の倉本聰さんはある対談の中で「面白おかしく笑わせるだけでは駄目だ。笑いに感動が無ければならない」と語っています。最近私はバラエティ番組に興味が無くなりました。出演者自らが爆笑したり、司会者が大きなゼスチャーで無理やり笑いを強要する。あるいは自分で笑いを演じるなど、肝心な視聴者はおかしくもなんともない、やらせの目撃者になっているという印象をどの番組からも感じるからです。どれも同じパターンで新鮮さが感じられません。

テレビが茶の間を支配していなかったころ、浪曲や漫才、落語の世界は実に豊かな世界でした。思わずクスッと笑ったり、そうなんだよねエと共感したり、演じる側と観客は、同じ世界を共有していました。言葉の面白さだけに留まらず人間ドラマが演じられていました。庶民の笑いには、ユーモアとペーソスという味付けが必要です。そのことが軽んじられている所に、人間本来の優しさや豊かさが失われているように思います。

私は「道草の詩」を通して、人間性の根源にあるユーモアとペーソスに光を当て、それらが私の八十年をどう支え、形作ってきたのかを確かめたいと考えています。

「道草の詩」出版に際して写真全般にわたって指導を賜りました山口博信様、編集への助言をいただきました立和田正美様に心から感謝申し上げます。
また、出版に際して快く応じて下さいました原野義行様をはじめ海鳥社の皆様並びに関係各位に厚くお礼申しあげます。

二〇一七年八月吉日

金澤　啓

金澤　啓（かなざわ・とおる）
1937年　福岡県鞍手郡宮田町（現宮若市）に生まれる
1959年　福岡学芸大学（本校）卒業
　　　　北九州管内小学校に勤務
1995年　退職
　　　　学校法人飯塚学園　ひまわり幼稚園勤務
2001年　退職
2010年　写真の会「写友水巻」に入会
2015年　『風の散歩道　金澤啓写文集』を刊行
　　　　現住所：〒823-0011
　　　　　　　　福岡県宮若市宮田3754

道草《みちくさ》の詩《うた》　金澤啓写文集Ⅱ

2017年12月８日　第１刷発行

著　者　金澤　啓
発行者　杉本雅子
発行所　有限会社海鳥社
〒810－0072　福岡市博多区奈良屋町13番４号
電話 092(771)0132　FAX 092(771)2546
印刷・製本　ダイヤモンド秀巧社印刷株式会社
ISBN978-4-86656-017-5
http://www.kaichosha-f.co.jp
［定価は表紙カバーに表示］